文春文庫

姉と弟

新・酔いどれ小籐次（四）

佐伯泰英

文藝春秋

目次

第一章　見習い女弟子　9
第二章　お英の墓所　70
第三章　深川の騒ぎ　133
第四章　石屋修業　195
第五章　秘剣波雲　257

「新・酔いどれ小籐次」おもな登場人物

赤目《あかめ》小《こ》籐次《とうじ》　元豊後森藩江戸下屋敷の厩番。主君・久留島通嘉が城中で大名四家に嘲笑されたことを知り、藩を辞して四藩の大名行列を襲い、御鑓先を奪い取る（御鑓拝借事件）。この事件を機に、〝酔いどれ小籐次〟として江戸中の人気者となる。来島水軍流の達人にして、無類の酒好き。

赤目駿太郎　小籐次を襲った刺客・須藤平八郎の息子。須藤を斃した小籐次が養父となる。愛犬はクロスケ。

赤目りょう　小籐次の妻となった歌人。旗本水野監物家の奥女中を辞し、芽柳《めやなぎ》派を主宰する。須崎村の望外川荘に暮らす。

勝五郎　新兵衛長屋に暮らす、小籐次の隣人。読売屋の下請け版木職人。

新兵衛　久慈屋の家作である新兵衛長屋の差配だったが、呆けが進んでいる。

お麻　新兵衛の娘。父に代わって長屋の差配を勤める。夫の桂三郎は錺《かざり》職人。

お夕　お麻、桂三郎夫婦の一人娘。駿太郎とは姉弟のように育つ。

久慈屋昌右衛門　芝口橋北詰めに店を構える紙問屋の主。小籐次の強力な庇護者。

観右衛門　久慈屋の大番頭。

おやえ　久慈屋の一人娘。番頭だった浩介を婿にする。

秀次　南町奉行所の岡っ引き。難波橋の親分。小籐次の協力を得て事件を解決する。

空蔵《そらぞう》　読売屋の書き方兼なんでも屋。通称「ほら蔵」。

うづ　弟の角吉とともに、深川蛤町裏河岸で野菜を舟で商う。小籐次の得意先で曲《わげ》物《もの》師の万作の倅、太郎吉と所帯を持った。

美造《よしぞう》　竹藪蕎麦の亭主。小籐次の得意先。

梅五郎　浅草寺御用達の畳職備前屋の隠居。息子の神太郎が親方を継いでいる。

久留島通嘉《くるしまみちひろ》　豊後森藩八代目藩主。

高堂伍平　豊後森藩江戸下屋敷用人。小籐次の元上司。

青山忠裕《ただやす》　丹波篠山藩主、譜代大名で老中。様々な事件を通じて、小籐次と協力関係にある。

おしん　青山忠裕配下の密偵。中田新八とともに小籐次と協力し合う。

姉と弟

新・酔いどれ小籐次㈣

この作品は文春文庫のために書き下ろされたものです。

第一章　見習い女弟子

一

江戸に夏が到来した。

季節が移ろいゆくのは自然の理《ことわり》だ。人は逆らうことはできない。

赤目小籐次《あかめことうじ》は、須崎村から早めに芝口新町の新兵衛長屋に出向いて仕事を為すことにしていた。日が昇ってからでは、大川から江戸の内海では陽射しを避けようがないからだ。

破《や》れ笠を被った小籐次は小舟を流れに乗せて黙々と櫓《ろ》を動かし、大川を下った。

すでに流れには荷足り船など商い船が往来していた。また木場から材木を筏《いかだ》に組んで、江戸市中の普請場近くの堀へと運ぶ筏師たちも見られた。

身延山久遠寺《みのぶさんくおんじ》への代参旅から戻った小籐次一行は、いつもの暮らしに戻った。

いや、元の暮らしとは違った、新たな途に踏み出したものもいた。

お夕だ。

父親桂三郎のもとで錺《かざり》職人の道を歩み始めたのだ。

桂三郎は、お夕が代参旅で江戸を留守にしている間も、仲間内にお夕の奉公先を探し続けていたがやはり、

「女に職人仕事は向かないよ」

との拒絶に遭った。

もはや頼むべき仲間もいなかった。そこで女房のお麻とも話し合い、自分の下で修業をさせることを改めて決意したのだ。

江戸に戻った小籐次も、新兵衛長屋の仕事場で研ぎ仕事を再開した。

須崎村から新兵衛長屋に出向いてみると、長屋の中がきれいに掃除され、研ぎ道具がきちんと並べられ、桶には新しい水まで張ってあった。

代参旅に同行してくれた小籐次へのお夕の感謝の気持ちだった。

小籐次が仕事を始めた気配を聞き付けた桂三郎はお夕を連れて小籐次の下へ姿を見せ、挨拶した。

「赤目様、本日からお夕は娘であって娘ではございません」

と己《おのれ》の決意を小籐次に告げた。

「いよいよお夕ちゃんの弟子入りを認められたか」

「はい」

「相分った。桂三郎さん、そなたなれば厳しくて優しい師匠になれよう。またお夕ちゃんなれば、そなたの教えに従う弟子になろう。長い目で見てやってくれぬか」

小籐次はそう願った。そして、もはや新兵衛の孫娘ではなく桂三郎の新入りの女弟子として付き合うために、これまでのように桂三郎の工房を安易に訪ねることはすまいと心に誓った。

あの朝から二十日余りが過ぎていた。

「おい、酔いどれ様よ」

薄い壁の向こうから版木職人の勝五郎の声がした。

昼下がりの刻限だ。長屋の戸をすべて開けっ放しにしていても、そよとも風が入ってこなかった。小籐次は朝からひたすら仕事に没頭していた。

「なんだ、未だ仕事がないのか」

「いや、昨夜な、空蔵《そらぞう》が一つ仕事を持ってきやがった」

壁の向こうで立ち上がる気配があって、紙片を手にひらひらさせながら勝五郎が姿を見せた。紙片は、空蔵の手書き原稿だろう。

「字が読めぬのか」

「版木職人はよ、空蔵の書いた紙を裏返しにして彫ればいいのだ。字が読めなくても格別差しさわりはねえや」

「そんなものか」

「長い付き合いでそんなことも知らなかったか」

勝五郎が妙なところで威張った。

「あのよ、金座《きんざ》でよ、新しい一朱判《いっしゅばん》が鋳造されるのだとよ」

「金座が貨幣を鋳造するのは勤めゆえなんの不思議もあるまい」

「ふーん、銭には縁があっても小判、一分金は縁がないか。いつぞや酔いどれ教への賽銭《さいせん》に六百両も集めておきながら、あっさりと御救小屋《おすくいごや》に寄進してしまったもんな」

「昔の話を蒸し返すでない」

勝五郎に注意した小籐次に、

「おりゃ、見たこともないが、南鐐二朱銀《なんりょうにしゅぎん》はまっとうな二朱銀だってな」

江戸期、小判、一分金など金貨が主貨幣で、銀貨は補助貨幣であり、秤量貨幣であった。勝五郎のいう南鐐二朱銀もまた、

「金代わりに通用する銀」

であり、格別な銀を意味する、

「南鐐」

の呼称を冠した。

「なんでもな、時代とともに品が悪くなる。話に聞くところによると、慶長の一分金の金目は八割六分もあったそうな。それが今では五割六分に減じておる。つまり同じ一分金でもそれだけ値打ちが下がったということだな」

「酔いどれ様、一分金は昔から金が主だな」

「値打ちは下がったとしてもそうだ」

「南鐐二朱銀をたとえに出したのはよ、曰くがあらあ」

「なんだな、その曰くをさっさと述べよ」

「小判、一分金以外は銀貨か銭だな」

「何度おなじことをいうのだ」

小籐次は勝五郎がなにを言いたいのか、推量がつかないでいた。

「鋳造が始まった一朱はよ、金貨だと」

「ほう、一朱銀が金貨に格上げされたか」

一朱は元来小判の十六分の一の、一分金の四分の一の価値として補助的に使われた。

「おお、空蔵がどこから聞き込んだか、新たな一朱は金貨だとよ。おれたち、貧乏人にも金貨を使わせようという公儀の心温かい気持ちか」

「新しい一朱は金貨な」

小籐次もなんとなく勝五郎が、

「おかしな話」

と思ったことをようやく理解した。

幕府の財政は年々逼迫《ひっぱく》の度合いを強めていた。そこへ一朱が金貨で登場するという。とはいえ、新しく鋳造されるという一朱金について小籐次と勝五郎の二人では、これ以上話の進めようもない。

「お夕ちゃんの話を聞いたか」

勝五郎は、こちらもそれ以上の一朱金についてのネタは持っていないらしく話を転じた。

「なんだな」

「木戸口に行くとよ。桂三郎さんがよ、お夕ちゃんに道具の種類からよ、どのような時に使うのか、さらには道具の手入れを教えている声が聞こえていたな」

「そりゃ、師匠が新しい弟子をとったんだ、当たり前のことだ」

「最初はよ、はいはい、と元気な返事がしていたが、ここんとこよ、お夕ちゃんの返事が小さかったり、返事がなかったりしているようにさ、おれには聞こえるんだ。どうしたものかね、酔いどれ様よ」

「わしらにはなにも出来ぬ。また口出ししてもならぬ」

小籐次は勝五郎に険しい声音で応えた。

「そんなこと、おれだって分るさ。だが、急に元気がなくなったようで気になってな」

勝五郎の声はお夕の身を案じていた。

「勝五郎さんや、夕は最初の壁にぶつかったようだな」

小籐次はお夕が桂三郎に弟子入りをした日から、

「もはやお夕ちゃんとは呼ぶまい。桂三郎親方の見習い弟子として夕と呼び捨てにする」

と師弟の父子に宣告した。

「私から赤目様にお願いしようと思うておりました」

即座に桂三郎も応じ、お夕も頭を下げた。

あの時から二十日余りが過ぎていた。

「最初の壁ってよ、仕事のことだな」

「いや、仕事の壁にぶち当たるほど月日は経っておらぬ。夕は頭の中で桂三郎さんを師匠と考えていた。と同時に父親の気持ちを残していたのではないか。その曖昧《あいまい》さを桂三郎さんに注意されたのではなかろうか。ただ今夕は桂三郎さんを師匠とするか、父親とするかの間で間合いがとれずに悩んでおるのであろう。娘が父親に弟子入りする、滅多にあるものではない。われらが頭で考える以上にこの奉公は難しかったか」

小籐次の言葉に勝五郎が、ううーん、と唸り、

「おれもよ、倅《せがれ》の保吉《やすきち》を弟子にとったらそうなったか」

保吉は半年前に建具屋に奉公に出ていた。

「ああ、もし保吉がそなたに弟子入りしたら、同じように葛藤が生じておろう。悩んでおるのは夕ばかりではない。桂三郎さんがもっと苦しんでいよう。長い修

業が始まったということだ」

「あの親子ならば抜け出すな」

「親子ではない、師弟だ」

勝五郎が小籐次の言葉に頷き、隣りに戻ろうとした。

「勝五郎さんや、わしはこれから研ぎ上がった道具を久慈屋《くじや》に届ける。本日の夕刻、どうだ、桂三郎さんを誘って、魚田《ぎょでん》で一杯飲まぬか。桂三郎さんにも夕にも気分を変える要があろう」

「夏の夕暮れ、魚田で一杯か、悪くない」

「心得違いを致すでない。桂三郎さんの気分を変えるのが大事な狙いじゃぞ」

お夕のことは母親のお麻に任せればよかろうと小籐次は考えたのだ。

勝五郎が大きく頷いて姿を消した。

小籐次は、研ぎ途中の道具を仕上げると桶の水で刃を洗い、障子に翳《かざ》して指の腹をすいっと刃の切っ先へと移動させた。どこにも引っ掛かりは感じられなかった。

「よし」

と呟いた小籐次は研ぎ上がった刃物を二つに分けた。

久慈屋と足袋《たび》問屋の京屋喜平の道具をそれぞれ古布《ふるぎれ》に丁寧に包み込んで、土間の傍の板の間に置いた。

その上次直《つぐなお》だけを一本腰に差し落として、

「久慈屋まで出かけて参る」

と別れたばかりの勝五郎に声を掛けた。

「ああ、夕暮れの一件、桂三郎さんに伝えておくぜ」

願おう、と答えた小籐次は土間に下りて道具を抱え、長屋の敷居を跨《また》いだ。

昼下がりの強い陽差しが新兵衛長屋のどぶ板の上に差し込んでいた。だが、最前から海から風が出たようで向き合った長屋の間のどぶ板道を吹き抜けていた。

井戸端ではおきみやおはやら、長屋の女衆《おんなし》が夕餉《ゆうげ》の仕度をしながらお喋りをしていた。

「おや、今日は早仕舞いかえ」

勝五郎の女房のおきみが聞いた。

「未だ日が高い。春には旅をして仕事をしなかった。蓄えも底をついた。せっせと賃仕事をせねば、一家で大川に身投げをすることになる」

「冗談は言いっこなしだよ。たとえ酔いどれ様の稼ぎがなくたっておりょう様がたんとお稼ぎではないか。私もさ、文字を習っておけばよかったよ。なんだって、ほら蔵の読売の続きもんの『身延山代参つれづれ草』が大当たりしてさ、あの読売を書き増しして黄表紙にして売り出すって話じゃないか。きっと飛ぶように売れるよ」

左官職人久平の女房おはやが羨《うらや》ましそうにいった。

おりょうが身延への旅先で綴った読み物は読者の支持を得たようでそれなりに売れた。

久遠寺から最後に送られてきたおりょうの読み物は、久遠寺の菩提梯《ぼだいてい》と呼ばれる二百八十七段の石段での、雑賀《さいか》衆阿波津《あわづ》光太夫芳直とその娘お恵との戦いをおりょうの視点で表現していた。

空蔵は旅から戻ってきたおりょうに身延山への代参旅を書き増しして黄表紙に纏《まと》めることを提案した。

だが、おりょうは、

「空蔵どの、私の役目は旅日記にて終えました」

と黄表紙発行を断わった。

空蔵は諦めなかった。

小籐次に的を絞り、執拗に迫った。

「空蔵さんや、おりょうに断わられたというて、わしに眼をつけても、酔いどれ小籐次に読み物を書く才はないわ、諦めよ」

「そこだ」

と返答した空蔵が、

「おりょう様の眼で見た久遠寺の石段の戦いは、やっぱり女だな。いささかやさしいや。そこで酔いどれ様からわしが聞き書きして纏めようという話だ。随所にこれまでおりょう様が読売に書いた文を挟み込みながら、このほら蔵がわくわくするような戦話に仕立ててみせる、どうだ」

「そのようなことをして、わしらになんの益がある。おまえさんの懐《ふところ》を肥やすだけだ」

「そこだ、雑賀衆阿波津光太夫一統に再興の夢を持たせたお方が未だ城中に潜んでいるんじゃないか。そいつのさ、息の根を止めるのはよ、酔いどれ様、おめえのお仲間の老中青山忠裕《ただやす》様に大いに助けになるこっちゃないか」

「幕閣のことなど、わしは知らぬ」

「ともかく一度よ、青山様にお伺いを立ててみねえ。それでだめならこの空蔵きっぱり諦める」

空蔵の執拗さにうんざりした小籐次は、老中の密偵おしんに話すと、なんと老中から二つ返事で、

「やってみよ」

との許しが出たのだ。

そんなわけで小籐次は仕事の合間に空蔵に付きまとわれ、甲州身延山久遠寺詣でを二度した気分になった。


「おはやさん、いかにも空蔵の口車に乗せられた。だがな、一度読売で書いたものが黄表紙になったからって売れるものか」

「そうかね、空蔵さんはあれでなかなか商い上手、わたしゃ、売れると見たね」

おはやに代わって請け合ったのは、版木職人の女房として空蔵との関わりが深いおきみだった。

「おきみさん、おはやさん、わしは道中の出来事を何度も繰り返し喋らされただけだ。お金を頂戴するなど話は出なかったぞ」

「そ、そりゃ、いけないよ。私がね、空蔵さんに掛け合っておくからね」

井戸端の立ち話からようやく解放されて庭に出た。

紙問屋久慈屋の家作は敷地が並みの長屋などよりゆったりしていた。

堀留の端には紅葉や柿や柳の木などが植えられ、それなりの歳月を重ねたと見えて、夏の陽射しを遮《さえぎ》るほどに葉を茂らせていた。

木漏れ日が差す一角に敷かれた筵《むしろ》に新兵衛が独り座り、何枚かの柿の葉を手に持って、

「値はいくらですね」

とどこぞの店先で店の者と話しているような独り芝居を演じていた。

「えっ、二両三分ですか、まかりませんか」

なにを買おうとしているのか、柿の葉の小判を握りしめて新兵衛は真剣な様子だ。

小籐次一行が東海道を経て江戸に戻ってきたとき、新兵衛のお題目を唱える癖は止まっていた。

久しぶりに会った小籐次に新兵衛が、

「この度はお世話になりました」

と丁寧に頭を下げたものだ。単衣《ひとえ》の帯もきちんと結ばれている。

小籐次は一瞬新兵衛が正気に戻ったのではないかと思った。

「爺ちゃん、お夕よ。分るの」

とお夕が新兵衛に聞くと、

「はいはい、どちら様もお変わりなくなによりです」

と答えるのにお麻が首を横に振って、

「赤目様、皆さんの代参のお蔭でお父つぁんは前よりお題目を唱えることも少なくなり、私の言うことを聞いてくれるようになりました」

と応じた。

これまで新兵衛の世話をしていたお夕が桂三郎の下で修業をするようになり、新兵衛は独り遊びをするようになっていた。

「新兵衛さんや、なにを求めておられるな」

小籐次が尋ねた。

「信楽焼の茶碗をな、購《あがな》おうと思いましてな。この茶碗、どうですな」

新兵衛が柿の葉を筵に置き、その代わり栄螺《さざえ》の殻を手にとって小籐次に差し出した。

小籐次が小脇に道具を抱え直して片手で栄螺の殻を受け取ろうとすると、

「いけませんな、二両三分もする茶器を片手で乱暴に持つなど、茶道をご存じないようじゃ、あなたには茶の道は無理じゃ」

新兵衛は小籐次に渡そうとした栄螺の殻を両手で丁寧に保持し、とくとくと眺め、

「いいでしょう、二両三分で頂戴しましょう。釣りは要りませんでな」

と栄螺の殻を筵に丁寧に置き、柿の葉の束から三枚摑むと差し出した。

「新兵衛さん、大変な買い物をなされたな」

「これはいい買い物です。家宝になります」

新兵衛は栄螺の殻を大事そうに懐に仕舞い込んだ。

小籐次は、新兵衛がすでに、

「極楽浄土」

におるのだと思いながら小舟に向った。

二

久慈屋の敷居を跨ぐと、読売屋のほら蔵こと空蔵が大番頭に一枚の紙を見せて

いた。小籐次の姿を見て、

「おおー、ご入来ご入来」

と満面の笑みを浮かべて迎えた。

「なんだ、人を小ばかにしたような安っぽいにたにた笑いは」

小籐次が久慈屋の道具を包んだ古布を、

「まいど有難うござる」

と手代の国三《くにぞう》に渡した。そして、観右衛門《かんえもん》に会釈すると、

「助かります、赤目様」

と受け取った国三に、

「研ぎが不十分なれば、いつでも研ぎ直しますでな、改めて下されそれがし、その間に京屋喜平にお届けして参る」

と踵《きびす》を返して久慈屋からそそくさと出ていった。

国三は最前から店の板の間で書き損じの紙で紙縒《こよ》りを作っていたが、その作業を止め、小籐次の研ぎ仕事を改めた。

「なんだよ、酔いどれ様はよ、えらく機嫌が悪いじゃないか。おりょう様と喧嘩でもしたか。どだいさ、美形の歌人と、もくず蟹の年寄りの組み合わせだ。いつ

までもつかと世間が注視していたが、どうやら当たったようだな」

空蔵が小籐次の消えた店先を見ながら吐き捨てた。

「空蔵さんや、須崎村にかぎり夫婦喧嘩なんぞであるものですか。赤目様とおりょう様は天下一の仲のおよろしい夫婦ですよ。機嫌が悪いとしたら、別の理由ですね」

観右衛門が手にしていた引き札を空蔵に返した。

「どうですね、大番頭さん」

空蔵が観右衛門に感想を聞いた。

「今日はこの引き札、赤目様に見せるのはよした方がようございましょうな。赤目様の機嫌が悪いとしたら、ますます機嫌が悪くなりますでな」

と言った。

「えっ、『酔いどれ小籐次　母恋旅』の引き札まで作ったというのに、当人に見せてはいけませんかえ」

「なんとなくこの引き札を見せると、あの温厚な酔いどれ様が夜叉《やしゃ》か羅刹《らせつ》に化けそうな気がします。久慈屋の店で血の雨が降るのはご免ですぞ」

観右衛門が本気とも冗談ともつかぬ口調で言った。

「だって酔いどれ様だって納得しての黄表紙作りだよ、大番頭さん」

「それはそうですがね」

観右衛門が首を傾げた。

「酔いどれ小籐次の武名は江都《こうと》に益々高く、おりょう様の続きものの『身延山代参つれづれ草』の評判もよくてよ、それなりに売れたんだよ。そこでこの空蔵が一世一代、刃傷あり、情けありの身延山道中を黄表紙に仕立てて売り出すにはそれなりの苦心と苦労があったしよ。黄表紙と読売ではまるで違うとよ、地本問屋《じほん》の蔦屋《つたや》にあっさりと断わられたのを、ともかくおれが黄表紙をものしたとき、読んで下さいと平身低頭して、幾晩も徹夜して書き上げた大ほら亭空右衛門の苦心作を蔦屋に読ませたらよ、一気に相手の態度が変わってさ、『こりゃ、売れます。よし、空蔵さん、引き札を作りますからおまえさんが文案を書きなされ』と言われたほどの期待作だ。

ただ今、蔦重で試し刷に入っているというのに、ご当人の酔いどれ様に臍《へそ》を曲げられたら、おれの立場はどうなるんだよ」

地本とか草紙と称する出版は、宝暦のころから急激に栄えた。

安永天明にかけての洒落本、黄表紙、錦絵版画を地本問屋が扱った。この時期、独創的な黄表紙づくりで活躍したのが蔦屋重三郎だ。

蔦重は、吉原の遊女の番付たる「吉原細見」の小売りから始めて、洒落本、黄表紙、狂歌本、錦絵出版と手を広げ、写楽の浮世絵を出したのも蔦重だ。

その中には老中田沼意次《おきつぐ》の栄枯盛衰と松平定信の劇的登場を取材した黄表紙を刊行し、一万部を超える売れ行きを示したものもあった。だが、寛政三年に洒落本出版のかどで、作者山東京伝とともに処罰された。

公儀の厳しい検閲に蔦重は地本出版から手を引いていた。

そんな時節に空蔵が食い込んで『酔いどれ小籐次 母恋旅』を出そうというのだ。

「空蔵さん、その話、最前から何遍も聞かされました。私を納得させても肝心かなめの酔いどれ様があれでは、この場で引き札を披露するのは止めておいたほうがいい」

観右衛門が空蔵に引き札を懐に仕舞うように言った。

「大番頭さん、赤目様の仕事、いつにも増して丁寧な仕上がりにございます」

国三が小籐次の研いだ道具を一つひとつ調べて報告した。そして、また紙縒り作りに戻った。

「となると赤目様の不愛想は本業のせいではございませんな」

「だから、おりょう様と夫婦喧嘩してよ、須崎村を追い出されたと言ったではないか」

と空蔵も不機嫌な顔で言い放ち、さらに、

「おれの苦労も知らずに夫婦喧嘩なんかしやがって」

とぼやいて、それに対して国三が、

「夫婦喧嘩などでもありません。ざらついた気持ちで研ぎ仕事はできません、直ぐに刃物に気持ちが表れます。赤目様が怒っているとしたらそれは別の理由です、その内鎮まりますよ」

と空蔵を慰めた。

観右衛門が国三の言葉に頷いた。

研ぎはただ単に刃物の切れ味をよくする「作業」ではない。

包丁一本の研ぎ料が四、五十文にしても小籐次の研ぎは、暮らしの中で鈍磨した刃を研ぎ、傷んだ柄を挿《す》げ替えることによって刃物を蘇らせるだけではない。使い手の暮らしぶりをも気持ちよくするように丁寧に仕上げるのだ。むろん刀と、職人や長屋のおかみさんが使う道具や刃物とは鍛造の過程も研ぎもまるで違う。

だが、小籐次はどんな道具の研ぎも疎《おろそ》かにせず、道具や刃物に美を生じさせるように、一瞬にしても気持ちを変えるように丁寧に精魂込めて研いだ。ゆえに酔いどれ小籐次への註文が絶えないのだ。

「手代さんはそういうけど、あの酔いどれ小籐次の不機嫌は尋常ではないぞ」

「だから、ここは赤目様が戻ってくる前に退散なさり、明日にでも出直してお見えになってはいかがですか」

国三はだれよりも小籐次の気性を察していた。

小僧時代、赤目小籐次が可愛がることをよいことに久慈屋の仕事を疎かにして芝居にうつつを抜かし、大失敗を犯した。その結果、小僧の国三は、久慈屋の本家にあたる常陸《ひたち》国西野内村に行かされ、紙漉《す》きの修業のやり直しを何年にもわたり命じられた。

そんな苦労の末にようやく芝口橋の久慈屋の奉公に戻ることが出来たのだ。国三は失敗し苦労した分、小籐次の人柄を肌で承知していた。

なにか理由がなければ不機嫌ではない。

いや、あれは不機嫌であったのだろうか、空蔵が勝手に思い込んだのではないのか、と国三は最前の小籐次と空蔵の短い掛け合いを思い出していた。たしかに機嫌がよかったとはいえないが、空蔵が知らないなにかがあってのことだと思い直した。

空蔵が久慈屋の店の上がり框《がまち》から腰を上げ、

「大番頭さん、手代さんよ、いつ酔いどれ小籐次の機嫌が直るんだよ、版元の蔦屋は一日でも早く黄表紙を出したいというているんだがな」

と二人を見た。

二人はなにも答えなかった。

「ちえっ、おれはなにも無断で黄表紙を出そうとしたわけではないぞ。きちんと断わってのことだ。酔いどれ様が臍を曲げて黄表紙なんぞ出さないと言い出したら、おりゃ、蔦屋からなんと言われるか。損料を請求されるかもしれないな、そうなったら、おりゃ、首括《くく》るしかないな。よし、そんときは、新兵衛長屋の長屋で首を括ることにした」

「ご免蒙《こうむ》ります。新兵衛長屋はうちの家作です」

「ならば、須崎村の望外川荘《ぼうがいせんそう》だ」

「ほら蔵、望外川荘で首を括るだと、迷惑な話じゃな」

空蔵の背で小籐次の声がして、
びくり
と読売屋の背中が震えた。

「な、なんだ、戻ってきたら戻ってきたと声くらい掛ければいいじゃないか」

と空蔵が後ろを振り返り、

「久慈屋のご一統様、おれはこれで失礼致します」

と去りかけた。

「わしに用事があったのではないか」

「あったさ。だが、おまえさんの機嫌が悪いてんで、おりゃ、退散するところだ」

「それで首を括るか。人目につかないところでひっそりとやってくれ」

「くそっ！」

と叫んだ空蔵が小籐次の顔を見て、最前とは違うようだと感じた。

「京屋喜平で茶碗酒でも馳走になったか」

「いくら酔いどれとて日中からむやみやたらに酒を飲むわけではない」

「ふーん」

空蔵がまた久慈屋の上がり框に腰を下ろした。そして、懐の引き札を出そうか出すまいか迷った。

「空蔵、懐の引き札のことはすでに承知だ」

と小籐次が言った。

「ひえっ」

と空蔵が驚きの顔で小籐次を見た。

「そなた、久慈屋に立ち寄る前、京屋喜平にも引き札を配ってこなかったか」

「ああー、忘れていた」

と空蔵が悲鳴を上げ、奉公人や客が空蔵を見た。

「み、見たのか。読んだのか」

「なんだ、あの黄表紙の題目は。『酔いどれ小籐次　母恋旅』じゃと。恥ずかしゅうて表を歩けぬわ」

「だ、駄目か。黄表紙の売り出しはよ」

「いったん男子が口にしたことだ。差し止めなどせぬ」

「ほ、ほんとか。助かった」

空蔵がほっと安堵《あんど》した顔で肩を落とした。

「空蔵さん、その内、気持ちが鎮まるといったでしょ」

「手代さん、国三さん、おまえさんの申されるとおりだった。この引き札、読売といっしょに江戸じゅうに配っていいな」

「致し方あるまい。酔いどれ小籐次、これ以上恥を加えたところで、なにかが変わるわけでもあるまい」

「やった!」

と叫んだ空蔵は懐から何枚か引き札を出すと、上がり框に置いて表へ飛び出していった。

「呆れた」

と国三が言い、最前からずっと帳場格子の中から様子を窺っていた若旦那の浩《こう》介《すけ》が、

「独りで泣いたり笑ったり忙しいことです」

と応じて笑った。

「空蔵、なにを気にしておるのだ」

だれとはなしに小籐次が尋ねた。すると、国三が紙縒りを作る手を止めて、小籐次を指した。

「なにっ、わしが空蔵の泣き笑いの因か」

「はい。赤目様が店に入ってこられたとき、空蔵さんは赤目様の機嫌が悪いと思い込み、大番頭さんが別の日に引き札を見せたほうがよいと、忠言なされていたんですよ」

「あやつ、そう感じたか」

　小籐次が最前まで空蔵が座っていた上がり框に腰を落ち着けた。

「失礼ながら私もいつもの赤目様と違うように思いましてな、ついつい余計なことを空蔵さんに申し上げました」

「それはご一統様に迷惑をかけ申した。このとおり詫びます」

　小籐次が立ち上がり、白髪頭を下げた。

「詫びる話ではございませんぞ」

　と観右衛門が慌てたが、

「なんぞございましたかな」

　とそれでも小籐次に尋ねた。

「いや、こちらに参る前に勝五郎さんとな」

　と前置きして長屋での話を披露した。

「一朱判鋳造の一件ですか。これまで確かに一朱に金はございませんでした。それがここにきて角一朱金《かくいっしゅきん》を出されるという。それも大きな声では申し上げられませんが、金の含有が一割二分五毛、銀は八割七分九厘五毛、実態は銀貨です。それを金貨と言いくるめるところが公儀の懐具合が逼迫していることの証です」

と小声で観右衛門が一朱金の鋳造を一刀両断した。

「そのことを怒っておられましたか、赤目様」

「いや、そうではない。わしには金であろうと銀であろうと使えればそれでよい。いや、桂三郎さんに弟子入りした夕が元気ないというのでな、なんとなくそのことを考え考えしてこちらに着いたゆえ、いつもと違う顔をしていたのであろう」

小籐次の言い訳にその場の者たちが納得した。

「赤目様は優しゅうございますな」

「そういうわけではないが、長い目であの親子を見てやらねばならぬことは重々承知しておる。だがな、つい」

「気に掛かりますか」

観右衛門の問いに小籐次が苦笑した。

「女職人は滅多におりません。父親が師匠で始まった修業、あれこれと面倒もございましょうな。ですが、黙って見ているしかございません」

久慈屋の家作を差配する新兵衛一家のことだ。観右衛門も小籐次の知らない話を胸に秘めているように思えた。

「余計なことであったな」

「いえ、お夕ちゃんとは身延山に代参した間柄、赤目様にとっては娘か孫のようなものでしょうからな」

「悩んでおるのは師匠の桂三郎さんがいちばんであろう。ゆえに桂三郎さんを呼んで勝五郎さんといっしょに今宵魚田で一杯やることにした」

「それはよい考えでございますよ」

観右衛門が笑みで応えた。

小籐次は空蔵が置いて行った引き札を広げた。京屋喜平の番頭菊蔵から見せられたが自分の手にとってではなかった。

「かようにも仰々しい引き札を作らぬと黄表紙は売れぬのであろうか」

「黄表紙の版元では考えもつきますまいな。読売屋の空蔵さんならではの引き札ですよ。これは、空蔵さん一世一代の賭けですよ。だって、普段は世間で起こった出来事、騒ぎの経緯《いきさつ》を書いて読売に仕立てる商いです。黄表紙となれば、絵空事を書かねばなりません」

「大番頭さん、お話ですが、赤目様方は身延山代参をなされました。その道中を読売より詳しく書くというのではないのですか」

浩介が帳場格子から観右衛門に尋ねた。

「若旦那、私が思いますにそれでは読売で読んだ客はもはや手を出しますまい。黄表紙は黄表紙なりの工夫が要ると思いませんか」

若旦那に顔を向けた観右衛門が言った。

「そこじゃな、わしが不安なのは」

小籐次が思わず本音を吐いた。

老中青山忠裕の狙いとする幕閣のある人物に黄表紙『酔いどれ小籐次　母恋旅』がどのような影響を与えるか、空蔵がその辺を阿吽《あうん》の呼吸でどのように処理をするのか、小籐次が気になるところではあった。

「空蔵さんは読売屋ではなかなか老練な書き手であり、売り手です。だが、黄表紙となると初めてのこと、これはね、全く売れないか、大化けするかどっちかです」

紙問屋の大番頭からご託宣があった。

「よし、大番頭どのの読みを聞いたところで、わしは失礼しよう。桂三郎さんを励ます集いがあるでな」

小籐次が立ち上がったところに、

「手代さん、赤目様に次の研ぎ仕事をな」

と観右衛門がすでに用意していた刃物を、国三が小籐次に渡そうとした。

「いつも相すまぬことです」

「赤目様、明日辺り、うちの店先で研ぎ場を設けてくれませぬか。なんだか、赤目様の研ぎ場がないと客の入りが少のうございましてな」

観右衛門が小籐次に誘いをかけた。

「ならば近々こちらで仕事をさせてもらおう。それまで国三さん、預かっていて下され」

と願った小籐次は久慈屋の店から船着場へと下りた。

三

新兵衛長屋の近く、御堀と三十間堀《さんじっけんぼり》が合流するところに汐留橋《しおどめ》が架けられていた。その橋の南詰めの河岸道に何軒かの屋台店が並んで商いをしていた。

湯上がりの男三人が、魚田が名物の屋台に座り、川風に吹かれながら、冷や酒を飲み始めた。

御堀の石垣下に小舟を停めた小籐次に勝五郎、それに桂三郎の三人だ。

「三人がお揃いとは久しぶりでございますね」

親方の留三郎が小籐次らを迎えた。

「ああ、酔いどれの旦那がおれたちを見捨てて須崎村のおりょう様のもとへ婿入りして以来、おれたち貧乏人とは付き合えないてんで、いくらお誘い申し上げてもお断わりだ。早々に須崎村に引き上げていきやがる」

勝五郎が大仰な言い方で応じた。

「冗談はなしだ。わしは毎朝、須崎村から通ってきて相変わらず研ぎ仕事に長屋で精を出しているではないか」

「それはそうだがよ、夜中に眼が覚めたときなんぞ、薄い壁の向こうに酔いどれの旦那と駿太郎《しゅんたろう》ちゃんが寝てないのは、やっぱりさみしいぜ」

勝五郎が手にした茶碗酒を、くいっと飲み干し、

「湯上がりの一杯は堪《こた》えられないいや」

と満足げな声を上げた。

「赤目様、身延山の代参話、おりょう様のお書きになったものを読ませてもらいましたぜ。お夕ちゃんの新兵衛さんへの想いだけではのうて、赤目小籐次様の何十年前かの親父さんとの身延行きの話、泣かされましたな。赤目様はおっ母さんの顔を知らないで育ったんだってな」

「そういうことだ。始まりは夕の身延山久遠寺代参であったが、旅に出てつい気が緩んだか、昔話をおりょうらに披露したところ、わしの久遠寺詣でにもなった。ともかくだ、空蔵に乗せられたおりょうの読売で江戸じゅうがわしの過ぎし日の隠し事まで知ることになった」

小籐次も留三郎に応えると、猪口《ちょこ》の酒をゆっくりと舐め、黙ったままの桂三郎を見た。

「その読売が黄表紙になると知っているか、親方」

「えっ、おりょう様の続きものが黄表紙になるのでございますか」

「いや、おりょうの読売に空蔵が書き加えて一場の物語の黄表紙にするらしい」

「それはそれは、空蔵さんの名では売れませんが赤目様とおりょう様の名ならば売れます」

と留三郎が請け合った。

小籐次は最前から桂三郎が一言も言葉を発していないことに気付いていた。

「桂三郎さん、なにやら元気がないように思えるがどうなされた」

小籐次の問いに桂三郎が、

「いえ、お二人の親切、身に染みます」

と答えた。

「そんな話ではないんだがな」

「いえ、娘を弟子にとったはいいが、扱いに困っているようだと、私をかような場に誘い出して気分を変えようとしておられるのでございましょう」

「なんだ、桂三郎さん、分っていたのか」

勝五郎が桂三郎に酒を飲むように手で勧めた。桂三郎が茶碗を掴むと静かに飲み、

「わが娘を弟子にとる、考えた以上に難しいものですね」

と洩らした。

「桂三郎さん、焦りは禁物じゃぞ。夕は賢い娘だが、いきなり父親が師匠に変わったことに戸惑いを覚えているのであろう。道具の扱い一つにしても、これまで

娘として見て来たことと、弟子入りしてやることはまるで違う。当分、見て見ぬ振りすることも大事かと思う。どうだな、桂三郎さん」

　小篠次の言葉に桂三郎が、はっ、としたような表情を見せた。

「いかにも、私がお夕を急《せ》かせ過ぎたのかも分りません」

「桂三郎さんは親方の下で錺職の修業を始めたであろう。親方がいて、兄弟子がいる。これはこれで大変な日々であったと思うが、愚痴を言い合うこともできたであろう。慰めたり慰められたり兄弟弟子でやり合ったこともあろう。

　一方、夕は父親が親方と分って弟子入りしたのだが、見倣《みなら》うべき、あるいは愚痴をもらす兄弟子もいない。夕の場合、傍らに眼を光らせているのは、達人の呼び声の高い桂三郎さん一人だ。これは想像するだに夕にとって厳しい、逃げ場のない仕事場、奉公先ではないか。なにをしても未だなにも見えないのが、ただ今の夕の立場であろう。といって、自分が望んで弟子入りしたことだ、致し方あるまい」

「お麻が時折私に聞こえぬようにあれこれと注意しているようですが、夕はただ今母親にも口を閉ざしております」

「そうか、およその事情は分った」

小籐次の言葉に勝五郎が、

「うちの保吉なんぞ、奉公の間を抜けてよ、長屋に顔出しして母親に甘えてやがるぜ。藪入りは年に二度と決まっているんだがね、おきみも保吉がくるとよ、でれでれしやがってよ、『早く奉公にお戻り』なんぞ一応聞いた風なことは言ってやがるが、その口の下からこの甘い物はどうだ、飯はちゃんと食っておるかだとか甘やかしてやがる」

「近頃のお店《たな》奉公はよ、在所から江戸に出てきた者は別にして、およそそんな風だとよ」

留三郎親方が言い、

「お夕ちゃんは賢い娘だ、親父さんでもある親方に一日も早く認められようと頑張り過ぎているんじゃないか」

と小籐次とは別の見方を示した。

「そうか、そのような考えもあるな」

感心した小籐次が茶碗酒を手に考え込んだ。

「なんぞ知恵があるか」

勝五郎が小籐次に聞いた。

「保吉ちゃんが奉公に出て半年か、時におきみさんに甘えに立ち寄るというたな」

「ちょっとの間だがな」

「そのちょっとの間がただ今の保吉ちゃんには救いになっているのであろう。一方、夕はお麻さんに愚痴をこぼしたくともこぼせないでいる。どこにも師匠であり父親である桂三郎さんの眼があるからな」

「最前から酔いどれ様は同じことを繰り返しているぜ」

と勝五郎が言い、

「赤目様、それほど私はお夕に厳しくしているつもりはございませんがね」

と桂三郎が言い訳した。

「おまえさんのせいではないのだ。夕が奉公に出る前に自ら誓ったことを守ろうとして、それが出来ないでおるのではないか。そのために気持ちが萎縮しておるのではないか」

「お夕が誓ったこととはなんでございましょう、赤目様」

「わしの想像じゃがな、夕は奉公に出た日から桂三郎さんを師匠と思うことにした。だがな、年端もいかぬ娘がそう簡単に父親を師匠と割り切れるものか。そんなことを胸の中で悶々鬱々と考えているのではないか」

　桂三郎が沈思した。長い黙考だった。

「赤目様、そうかもしれません」

　桂三郎の返答に、

「酔いどれ様よ、その辺のことはだれにも分っているんだよ。その先をどうするか、そこが肝心なことなんだよ」

　と勝五郎が言った。

　勝五郎にとっても保吉が奉公に出て、お夕の一件は他人事ではなかったのだ。

「保吉ちゃんの知恵に倣うか」

「なんだ、保吉の知恵たあ」

「時にな、夕が家族のもとへ戻る時間をつくるのだ。そろそろ奉公を始めて一月《ひと》になろう」

「あと五日でちょうど一月です」

　桂三郎はお夕の奉公の日から過ぎゆく日々を数えて来たのか、即答した。

「つまりよ、桂三郎さんとお麻さんが一時親父とお袋に戻るのか」

「ということだが、そううまく切り替えはできまい。どうだ、夕が女職人としての暮らしに慣れるまで、一月に一度わしの舟に同乗して須崎村に行き、一晩過ごして翌朝、また舟で新兵衛長屋に戻るというのは。これなれば奉公を休んだことにはなるまい。われらは身延山久遠寺に代参行に行った家族同然の間柄だ。この際、わしを仮の父親、おりょうを母親、駿太郎を弟に見立てて一晩過ごし、また新たな気持ちで錺職桂三郎親方の元に戻るというのはどうだな」

「そんな甘えが許されましょうか」

「桂三郎さんや、そなたの修業時代を思いだしてみなされ。実の母親のところには行かなくとも、厠《かわや》の後ろで独り涙を流したことはないか」

「厠の後ろではございませんが、独り涙を流したことはございます」

「ほれ、みよ。夕は涙を流したくとも自分が生まれ育った家が奉公先だ。周りは知り合いばかり、家族の前では意地でも泣けまい。己の不満をぶつける先がないのだ。おりょうや駿太郎なれば、どのような愚痴も言えよう、涙を流せよう。須崎村の家族だからな」

「酔いどれ様、その考え、悪くねえ」

勝五郎が言った。

「勝五郎さんに認められたとはうれしいかぎり」

「赤目様、わっしもお夕ちゃんのためになる話だと聞いた。赤目様もおりょう様もただ甘やかすわけじゃない、すべて事情を承知の上のことだ。桂三郎さんよ、女職人を一人前にするには長い年月がかかろうじゃないか、ゆっくりゆっくりと育てねえな。時に弟子が娘に戻ることがあってもいいじゃないか」

留三郎親方も桂三郎に言った。

「桂三郎さん、わしはそなたの考えに逆らっているのかもしれぬ。今晩、お麻さんと話し合ってな、答えを出してくれぬか。どのような答えでもわしは従うでな」

桂三郎は最前から茶碗を持ったまま考えていたが、小籐次に黙って一礼した。

その夜、小籐次はおりょうに夕のことを話した。

駿太郎は、近頃独り稽古に精を出しているせいか、五つ半(午後九時)時分には床に入り、朝七つ(午前四時)過ぎまで熟睡した。

小籐次も駿太郎に付き合い、望外川荘の庭で来島《くるしま》水軍流の正剣十手の序の舞から駿太郎に本式に教え始めた。

身延山久遠寺への旅から戻ったあとの慣わしだ。

駿太郎は小籐次の若かったころよりはるかに覚えがよかった。一つの動き、一つの形を教えると直ぐに飲み込み、何度も何度も繰り返して体に覚え込ませた。小籐次が仕事に出たあと、小籐次から習った技を独りでなぞって会得しようとしていた。一日体を動かしているために五つ半には眠る習慣がついていた。

おりょうは小籐次の話を聞き、即座に、

「おまえ様、なかなかよきお知恵かと思います」

と賛意を示してくれた。

「お夕ちゃんは家族想い、父親想いの娘です。真面目に考え過ぎて頭が回らなくなり、手が動かなくなっているのでございましょう。一月に一度、須崎村に来て、私どもと談笑すれば、師匠と父親の間合いが見えてきましょう」

「わしもそう思うてな、桂三郎さんに言うてみたのだが、お麻さんと話し合うてどう答えを出されるか、待つしかあるまい」

翌朝、小籐次は、駿太郎の正剣二手の流れ胴斬りを見た。

駿太郎は五尺一寸余の小籐次の背よりすでに一寸余高くなっていた。さらに手足が小籐次と比較にならぬほど長かった。それだけに低い構えから相手の内懐に潜り込み、脇腹から胸部を撫で斬る動きのある流れ胴斬りは、別の技のように思えた。

小籐次のそれは、俊敏にして迅速だが、駿太郎の流れ胴斬りは、しなやかで伸びやかなのだ。

「父上、駿太郎の流れ胴斬りは、いかがですか」

「日中、よう稽古しているとみゆるな、段々と駿太郎の技になってきた。そなたは、須藤平八郎どのの血筋ゆえさらに背丈が大きくなろう。体の成長とともに技の解釈も違ってこなければならぬ、わしの流れ胴斬りより、大きな技としなくてはならぬ。体が育つとともにな、ゆっくりと技を五体に染み込ませるのだ」

小籐次の返答に駿太郎が、

「はい」

と答えた。

一刻ほどの稽古が終わり、湯殿で汗を流した小籐次と駿太郎は、朝餉の膳の前に座った。

その折、小籐次は昨日の話を駿太郎にも聞かせた。

話を最後まで聞いた駿太郎は、

「父上の考えを必ず桂三郎さんもお麻さんも聞き入れてくれます」

と言った。

「そう思うか」

「お夕姉ちゃんは、私などよりずっと険しい道を選んだのです。駿太郎もどうしているか心配しておりました」

駿太郎が答えた。

お夕が桂三郎に弟子入りした日から、駿太郎も新兵衛長屋を訪ねておらず、お夕とも会っていなかった。

姉と弟のように新兵衛長屋で育った二人だ。駿太郎は駿太郎でお夕のことを案じていたらしい。

考えてみれば、駿太郎とお夕はどこか境遇が似ていた。

むろんお夕には実の両親がいた。

だが、お夕は錺職人の道を選び、父親を親方に決めた時から、両親の存在を頭から消そうとして悩んでいた。

そのことをいちばん理解できるのは「弟」の駿太郎だった。なぜならば、駿太郎の両親は、小籐次でもおりょうでもない。

実の父親は須藤平八郎であり、母親は小出お英であった。

身分差のある二人は、添い遂げられず、父親の須藤平八郎は、赤子の駿太郎を伴い、丹波篠山《ささやま》から江戸に出て、赤目小籐次を討ち果たす刺客として小籐次の前に登場した。生きるためだ。だが、赤目が武名を持つ剣術家と知ったとき、尋常の勝負を願ったのだ。そして須藤は、

「勝負に敗れた際は駿太郎を育ててほしい」

と小籐次に言い残したのだ。

小籐次は、駿太郎がいつの日か実の父親の存在を知り、赤目小籐次が、

「父の仇」

であることを知ることになると覚悟してきた。だが、おりょうの門弟塩野義某が、駿太郎に、

「秘密」

を勝手に告げ口した。

赤目小籐次が父ではなく、実の父親を斃《たお》したのが赤目小籐次と知った駿太郎は、混乱し動揺した。だが、「姉」のお夕はそんな駿太郎に、

「血」

のつながりより、

「育て」

の絆が大事であることを得心させた。

今では父は赤目小籐次、母はおりょうと、駿太郎は思っていた。それもこれも
「姉」のお夕がいればこそだった。

そして、お夕が実の父親と師匠の狭間で大きく気持ちを乱していることを知り、一月に一晩だけ須崎村に泊まりにくることに賛意を示したのだ。

「駿太郎がそう言うなれば、必ずや桂三郎さんとお麻さんもうんと言ってくれよう」

と小籐次が答えたとき、

「ただ、お夕姉ちゃんが、嫌というかもしれません」

と駿太郎が言った。

「なぜじゃ。夕はわれらが嫌いか、須崎村に泊まるのが嫌なのか」

「おまえ様、そうではございますまい。お夕さんは、いったん決めた奉公なのだからと、他人の親切や同情を甘んじて受けることを避けるのではありませんか」

「われらは家族ではないのか。身延山久遠寺に代参した同輩ではないのか」

「それとこれとは別と、お夕さんが考えるのではないかと駿太郎は思うておるのです」

「どうすればよい」

小籐次はまさかの駿太郎の言葉に動揺した。

駿太郎はすぐには口を開かなかった。

小籐次は助けを求めるようにおりょうを見た。

「かような時、親ではどうしようもないこともございましょう。ですが、姉弟なればきっと話し合ってなにか答えを見つけてくれるような気がします」

おりょうは塩野義某の余計な口出しの折、駿太郎が動揺したことを思い出していた。そんな駿太郎に言い聞かせ、得心させたのは、「姉」のお夕だった。

こんどは「弟」の駿太郎がお夕を助ける番だと思ったのだ。

「本日、駿太郎を新兵衛長屋に伴えと申すか」

「はい」

おりょうの明快な返事にしばし考えたのち、小籐次は頷いた。

四

小籐次は駿太郎を伴い、須崎村から芝口新町の新兵衛長屋に向った。

いつものように堀留の石垣下に小舟を舫《もや》い、小籐次が先に庭に上がった。道具は新兵衛長屋に置きっぱなしなのだ。素手だから簡単なものだ。だが、近頃では石垣に手をかけ、小舟の縁に足を乗せて、

「よいしょ」

と掛け声を掛けながら上がった。いつのころから掛け声を掛けぬと庭へ上がれなくなったのか。

駿太郎は小舟からひょいと身軽に庭へと猫のような動きで従った。

二人の眼に新兵衛の姿が留まった。

昨日と同じように庭木の下に筵を敷いて、独り遊びを始めていた。

新兵衛はお夕がもはや遊び相手ではなく仕事を始めたことを承知しているのか、していないのか判別がつかないが、筵をお麻に敷かれると大人しく座り、独りで時を過ごしていた。

「どおれ、脈を診て進ぜよう」

本日は医者ごっこか、筵の上の「患者」を診ている手付だった。

厠から勝五郎が現れて、

「おっ、珍しいな。駿太郎ちゃんを伴ったか」

と声をかけてきた。

「うむ、昨日の一件を駿太郎も気にしてな、いっしょに来たのだ」

「そうかえ」

勝五郎は、どぶ板道の向こうの木戸口を見て、

「今朝は妙に静かなんだ。最前、お麻さんが新兵衛さんを庭に連れてきたがよ、なにも言わないんだ」

小籐次はどうしたものかと思案したが、しばらく様子を見てみようと、駿太郎と二人して仕事場である長屋に入った。

今朝はまだ桶の水が張られていなかった。お夕は未だ小籐次の仕事場に姿を見せてないということだ。

「駿太郎、桶に水を張ってくれ」

と命じた小籐次は、台所に張られた荒神棚の貼り紙に拝礼して柏手を打った。

板の間に駿太郎の研ぎ場も設《しつら》えた。

身延山久遠寺の代参旅から戻ったあと、研ぎ仕事を駿太郎に教え込んでいた。駿太郎を奉公に出す考えはさらさらない。といって、研ぎ仕事を小籐次の代わりにやらせる心積りもないが、研ぎ仕事も修行の一環と思い、教え始めたのだ。

洗い桶も二つ並べれば親子で研ぎ仕事ができた。

駿太郎が井戸端から水を汲んできて二つ桶が置かれているのを見て、二つの桶に等分にわけて注いだ。一度では足りなかった。

二度目に駿太郎が井戸端に向ったあと、小籐次は、

「そうか、久慈屋から頼まれた道具をあちらに置いてきたな」

と独り言を洩らした。

昨日、観右衛門に願われ、本日は久慈屋の店先で仕事をする気だった。差し当たって長屋の住人の包丁を研ぐかと、壁の向こうに声をかけた。

「なに、長屋で稼ごうという魂胆か」

「そうではない。本日、仕事を久慈屋の店先でする気でな、頼まれた道具を置いてきたのだ」

「ならば、あちらに行けばよかろう」

と勝五郎が言うところに駿太郎が戻ってきて、

「父上、桂三郎さんがお出でになります」

と言った。

「おお、そうか」

桂三郎が駿太郎に続いて長屋の土間に立った。

昨夜、魚田で別れたときより表情が暗いと小籐次は感じた。

駿太郎が桶の水を注ぎ足し、桂三郎が小籐次の顔を見た。

「夕はうんと言わぬか」

「いったん奉公に出た者が勝手なことはできないと言い張るのです」

「やはりそうか」

「仕事場に入り、私が仕事を教えるのを待っております」

桂三郎は落胆の様子でなにも考えられないようだった。

「桂三郎さんや、本日駿太郎を連れてきたのはそのためだ」

えっ、と桂三郎が小籐次と駿太郎を見た。壁の向こうの勝五郎も聞耳を立てている気配があった。

「桂三郎さん、急ぎ仕事があるか」

「いえ、格別今日じゅうに仕上げる仕事はございません」

「どうだ、問屋に出来上がった仕事を届けるかなにかして、半日仕事場を空けてみないか」

　桂三郎が小籐次を見た。

「お夕を独り残してですか」

「夕の相手は駿太郎が為す」

　今朝方、須崎村の望外川荘で話し合われたことを小籐次は告げた。

「姉と弟、親が気付かぬ話もあろう。二人して半日過ごせば夕の気持ちもほぐれると思ったのだが、どうだ」

　桂三郎は小籐次の言葉を黙考していた。すると壁の向こうから、

「そいつはいい考えだぞ。子どもは子ども同士、憂さを晴らし合うのがいいかもしれぬ」

　桂三郎は勝五郎の言葉を無視して考え込んだ。

「父上は久慈屋に店開きして下さい」

「わしも長屋から去れと申すか」

「いいえ、そうではございません」

駿太郎は、ただ漫然と「姉」と「弟」二人で話し合うより、体を動かしていたほうがよいと思い、須崎村からの舟中、あれこれと思い悩んできたのだ。

「父上の仕事場を借りて、お夕姉ちゃんといっしょに研ぎ仕事をしてはなりませぬか。いつか父上が研ぎは刃物の切れをよくするだけではない。研ぐ者の心をも研ぎ上げて気持ちを新たにすると言われませんでしたか。長屋で集めた包丁を研ぎながら、お夕姉ちゃんと過ごしてみたいのです」

「おお、考えたな」

桂三郎の顔の表情も変わった。

「だれがそのことをお夕ちゃんに話すよ」

壁の向こうの勝五郎が案じた。

「桂三郎さんの許しがあれば、私が話します」

駿太郎が言った。

桂三郎が小籐次を見た。

「どうだ、桂三郎さん、本日は夕と駿太郎に任せてみぬか」

しばし考えた桂三郎が頷き、言った。

「駿太郎さんに任せます」

「ならば父上は久慈屋で使う砥石を持ってあちらに行って下さい。桂三郎さんはしばらくこちらにお待ち下さい」

駿太郎が指図したが、小籐次は研ぎ道具を久慈屋に残していた。

「勝五郎さんや、この一件口出し無用じゃ。よいか、二人の話に聞耳など立てずにしっかりと己の仕事に専念せよ、よいな」

「ああ、分った。昨夜、馳走にもなったしな」

勝五郎が承知した。

駿太郎は小籐次の仕事場にあった道具類を二つに分けた。

「研ぎ桶は一つじゃがよいか」

小籐次が聞いた。

「井戸端の洗い桶を代わりに私が使います。刀を研ぐわけではありません。大丈夫です」

駿太郎の言葉に小籐次は素手で新兵衛長屋を離れた。

「勝五郎さん、長屋を回って包丁を集めてきて下さい。本日は無料です」

「当たり前だよな、赤目小籐次が研ぐんじゃねえもの。駿太郎ちゃんお夕ちゃん、二人して素人だろ」

「その判断はあとにして下さい。研ぎがひどいようならば父上が研ぎ直します」

よし、と言いながら勝五郎が版木仕事の座から立ち上がった気配がした。

研ぎ場には桂三郎が残された。

「桂三郎さん、お夕姉ちゃんは必ず元気を取り戻します」

駿太郎が言い残し、長屋を出ると木戸口に向って走っていった。

「桂三郎さんよ、娘だとあれこれ心配だな。それもただの娘ではないや、錺職人の修業をしようと父親に弟子入りしたんだ。父親か親方か迷っても致し方ねえよな」

「そんなこと、端《はな》っから分っていたことなんです」

桂三郎が壁の向こうに応じたとき、どぶ板を踏む足音が二つした。

「どうしたの、駿太郎さん」

お夕の声が訝《いぶか》しげだ。だが、駿太郎に会えたことでどこかほっと安堵している声にも桂三郎には聞えた。

「桂三郎さん、留守番、有難うございます。問屋に品を納めにいってください」

駿太郎が言いながら、お夕の手を引いて、土間に入ってきた。

九尺二間の長屋の土間は三人立つといっぱいだ。

お夕が父親の顔を見た。

「さあ、桂三郎さん、お出かけ下さい」

駿太郎に促されて桂三郎がお夕の顔をちらりと見て出ていった。

「駿太郎さん、どういうこと」

「お夕姉ちゃん、黙ってこの床几《しょうぎ》に座って」

駿太郎はお夕にちゃんとした研ぎ桶がある床几を指した。そして、自分は井戸端の洗い桶の前に座った。

砥石を固定させる踏まえ木、研ぎ桶、砥石の配置を駿太郎は改めた。

「駿太郎さん、私は鋳職のお父つぁんに弟子入りしたの。研ぎ職人になるのと違うのよ」

「お夕姉ちゃん、分っているって。今日だけ駿太郎のいうことを聞いてくれないか」

「なぜなの」

お夕の声が尖っていた。

「姉ちゃん、おれが塩野義なんとかに赤目小籐次はおまえの父親じゃない、実の父親を殺《あや》めたのが赤目小籐次だといらぬお節介をされたとき、おれは自分を見失ったよね。そのとき、お夕姉ちゃんは、『私たちは姉と弟よ、家族同然じゃないの。嫌なことがあれば姉の私に吐き出せばいいじゃない。それとも夕が信じられないの』と叱ってくれたね。いまはお夕姉ちゃんが悩んでいるんだ」

「弟の駿太郎さんに気持ちを吐き出せというの」

「違う」

駿太郎がお夕の顔を見て言い切った。

「刃物を駿太郎といっしょに研ぐんだ。無心に研ぐことが出来れば、研がれた刃物はそれに応えて切れ味と美しさを取り戻すんだ、それに迷った心もね。父上が研ぐ姿を見て育ったおれは、お夕姉ちゃんにも刃物を研ぐことがどんなことか、知ってほしいんだ」

駿太郎の言葉に、お夕が、
はっ
となにかに気付いた。しばし無言でいたお夕が、

「駿太郎さん、教えて」

と願った。そこへ勝五郎が姿を見せ、

「駿太郎ちゃんよ、出刃二本と柳刃包丁が一本しか集まらなかったぜ、足りるか

ね」

「勝五郎さん、有難う。下手でも誠心誠意研ぐからね」

「ああ、そうしてくんな」

　新兵衛長屋の住人が出してくれた三本のうち、比較的しっかりとした出刃をお夕に渡し、もう一本の出刃包丁を駿太郎は研ぐことにした。

「お夕姉ちゃん、この踏まえ木の先のさ、爪木に右足をかけてしっかりと砥石台を安定させるんだ」

「こう」

「そうだ。砥石面を水で浸して出刃包丁の刃を自分の方に向けて、砥石の下から上へと押し上げる。そのとき、わずかに出刃の棟《むね》は砥石から離しておくんだ。見てご覧」

　駿太郎が出刃包丁の切っ先を左手で押さえ、右手で柄を握り、上下に動かした。

「包丁の刃に角度を付け過ぎると砥石面を削ることになる。すうっと刃の先が砥石面を滑るように動かすんだ」

　お夕は駿太郎の動きを見て、真似た。

「お夕姉ちゃん、こいつは粗砥だ。刃の傷をまず直す」

「思ったより難しいわ」

「どんな職人も道具を使う。道具の手入れを出来ない職人は半端職人だと、父上がいつも言われる。道具を大事にし、手入れする。その基が研ぎ仕事だ」

お夕はいつしか駿太郎の言葉に引き込まれていた。そして、弟が兄であるように思えてきた。

「よし、研ぎ上げてみせるわ」

「おお、その調子その調子、雑に包丁を動かしては砥石に傷がつく。優しく滑らせるんだ」

「分ったわ」

壁の向こうで勝五郎が二人の会話を聞いていたが、

「人の上に立つ侍の子はよ、やっぱり違うな」

と感心して、自分の仕事に戻って行った。


久慈屋の店の土間の一角でも、小籐次が久慈屋で使う道具の研ぎをしていた。

久慈屋の船着場に小舟を着けたとき、どこから運ばれてきたのか、荷運び頭の喜多造らが荷降ろしをしていた。

「今日はいつもより遅うございましたな。汐留橋の屋台で飲み過ぎましたかな」

荷降ろしに立ち合っていた大番頭の観右衛門が言った。

「早耳じゃな、そうかわしが昨日喋ったのであったな」

「はい。それに難波橋の親分の手先さんが魚田で赤目様方が飲んでいるのを見たそうな。桂三郎さんを赤目様と勝五郎さんが励ますの図の趣向はどうでした」

観右衛門が聞いた。

小籐次は、昨夕の魚田の集いの話から今朝方、駿太郎を伴って新兵衛長屋に行き、起こった出来事をすべて告げた。

「なんと、長屋の仕事場でお夕ちゃんと駿太郎さんが研ぎ仕事に精を出しておりますか。さすがにお武家さんの子どもだ。駿太郎さんは並みの子どもじゃございませんな。赤目小籐次様の背中をしっかりと見て、育っておられます」

「研ぎ仕事は単純な繰り返しゆえな、己の気持ちが乗り移りもし、また己の考えを浮き彫りにもしてくれる。駿太郎の考えが夕にうまく伝わるとよいのだがな」

「伝わります」

と観右衛門が請け合ってくれた。

小籐次は荷運びの邪魔にならぬようにいつもより土間の隅に研ぎ場を設けて、

せっせと仕事を続けた。

昼過ぎのことだ。

難波橋の秀次親分が久慈屋の研ぎ場に姿を見せた。

「庇《ひさし》を貸して母屋を乗っ取られたとは、この場合、当てはまらないのでございましょうな」

「新兵衛長屋を訪ねられたか」

「へえ、三人でせっせと研ぎ仕事に精を出していましたぜ」

「うむ、三人とはどういうことか。駿太郎と夕の二人ではないのか」

「それがね、新兵衛さんまでお夕の隣りで研ぎの真似事をしていますのさ」

「驚いた。となると、駿太郎の狙いはいささか狂ったか」

「駿太郎さんの狙いがなにか知りませんがね、三人して無念無想というか、無心というか、研ぎ仕事に熱中してさ、声など掛ける雰囲気ではございませんでな。むろん、新兵衛さんは本物の刃物は持たされないのでさ、保吉ちゃんが小さい折に遊んでいた玩具《おもちゃ》の刀を研いでおりました」

「なんとのう」

思わぬ展開に、小籐次は駿太郎の気持ちが夕に伝わるかどうか危惧した。

「お夕は父親の桂三郎さんに弟子入りしたと思ったら、研ぎ仕事に商い替えですかえ」

小籐次がここでも事情を手短に告げると、

「さすがに駿太郎さんだ、考えましたね。お夕は頑張り屋ですからね、最初から力を入れ過ぎていささか迷いが生じましたか。一月に一度くらい、須崎村で息抜きするのはいい考えですよ」

「あとは夕が納得するかどうかだ」

「あの調子ならば、大丈夫。お夕は駿太郎さんの気持ちをしっかりと受け止めていましょうな」

秀次親分が言った。

小籐次にとってなんとも長い一日だった。

第二章　お英の墓所

一

帰り舟では櫓を駿太郎が握り、築地川から内海に出ると大川河口に向ってゆったりと漕いでいく。

夏の夕間暮れの海風が肌に心地よかった。

小籐次は久慈屋の仕事を終えると、駿太郎を新兵衛長屋に迎えに行った。

駿太郎はすでに帰り仕度をして、堀留の石垣に立っていた。

夏の陽射しがようやく西に傾いた頃合いで、新兵衛は桂三郎に伴われて湯屋に行っているという。

小籐次が迎えにきた気配を感じて、勝五郎が姿を見せた。だが、勝五郎もお夕

と駿太郎のことはなにも言わず、

「今日も暑い一日だったな」

と言った。

「いやはや驚いたぜ」

小舟に飛び乗った駿太郎を見て勝五郎が言った。

お夕のことに触れるのかと小籐次は思った。それでもこう尋ねた。

「驚いたとはなんだ」

「駿太郎ちゃんの研ぎよ、長屋の包丁なんぞは立派に研げる腕前だよ」

「ほう、そうか」

「蛙の子は蛙だね」

勝五郎が珍しく素直に褒めた。

「勝五郎さん、ありがとう」

駿太郎が礼を述べて、小舟を石垣から離した。

小籐次は小舟に身を任せて無言のまま海風を一身に受けていた。

駿太郎がなにも言わないのは、言わない理由があるはずだ、と思った小籐次は駿太郎に問い質《ただ》さなかった。

大川に入る直前、小舟は大川の流れと海の波を受けて揉まれた。

駿太郎は精一杯腰を使って櫓を大きく操り、大川へと小舟を入れた。小籐次は駿太郎に任せ、手助けしようとはしなかった。

一息吐いた駿太郎が不意に言った。

「父上、奉公して一月目にあたる四日後に、お夕姉ちゃんは須崎村に泊まりに来てくれるそうです」

「ほう、それはよかった」

小籐次は応じてそれ以上のことは問い質さず、

「新兵衛《わへい》さんも研ぎの真似事をしたそうだな」

と話柄を微妙に変えた。

「はい。お夕姉ちゃんの傍で私たちの真似をしていました」

「ふっふっふふ」

小籐次は、三人が並んで本物の包丁と玩具の刀を研ぐ光景を思い浮かべて笑った。

「お夕姉ちゃんはきっと立派な桂三郎さんの後継ぎになれます」

駿太郎が言って、話題を自ら戻した。

「血もつながっておらぬそなたが、研ぎの技をいつしか身につけていたんだ。夕は物心ついたときから桂三郎さんの仕事を見て、父親の桂三郎さんが拵《こしら》える金銀錺細工師になろうと心に決めてきたんだ。必ずややり遂げよう」

「はい」

駿太郎が返事をして二人の間ではその話がそれ以上舟中ででることはなかった。

望外川荘の湧水池の船着場に一艘の船が停まっていた。

「来客のようじゃな」

小籐次が呟き、舫い綱を杭に結んだ。

その気配を感じたクロスケが林の小道から飛び出してきて駿太郎や小籐次に飛びかかり、喜んだ。

「これ、クロスケ。そう興奮するでない。たれぞお客か」

小籐次が問うたがむろんクロスケが答えるわけもない。

クロスケに導かれて船着場から林を抜けた。泉水に突き出すようにある茶室不《ふ》酔庵《すいあん》の傍らを二人とクロスケが抜けると庭が広がり、灯りが点された母屋が見えた。

蚊やりも焚《た》いていると見えて、白い煙も上がっていた。

客は男女二人だった。

「あっ、おしんさんと中田様だ」

老中青山忠裕の密偵中田新八とおしんを認めた駿太郎が喜びの声を発して縁側へと走って行った。

小籐次は、新八とおしんが須崎村に訪ねてきたことの意味を考えた。

老中の影御用ならば新兵衛長屋に訪ねたほうが早い。それをわざわざ須崎村まで船で訪れたということは、だいぶ前に頼んだ一件かと推量した。

「お待たせ申したようだな」

「いえ、こちらが勝手におりょう様のお顔を見に参ったのでございます」

小籐次の言葉におしんが答え、

「お待ちになる間、酒をお勧めしたのですが、そなた様が戻られるのを待つと申されて四半刻、私とお茶だけでお話をしておりました」

と言い残すとおりょうは台所に下がった。

小籐次は縁側から座敷に上がったが、駿太郎は庭伝いに台所に走って行った。腹を減らして、おりょうに夕餉の前になにか食いものをねだる魂胆であろうか。

育ち盛りの十一歳、実の父親に似て骨格も大きかった。食べた傍から腹を空かせていた。

「赤目様、読売にて身延山代参つれづれ旅のあれこれ読ませて頂きました。まさか阿波津光太夫の一件が甲州の身延山久遠寺まで追いかけて大騒ぎになろうとは、考えもしませんでした。いえ、あの読売をだいぶ経って読んだものですから、ただ今になりました」

「御用旅で江戸を離れておられたか」

「はい。赤目様方の身延行きのちょっとあとからこちらもご推測どおり御用旅に出ておりまして、お目にかかるのが遅くなりました」

　中田新八が言い訳した。

　老中青山忠裕の密偵として二人の探索は関八州のみならず諸国へ活躍の場が広い。ゆえに江戸を空けることもしばしばだ。

「こたびはどちらかな。それとも御用ゆえ極秘か」

「赤目様には極秘もなにもございません。京におしんさんといっしょに往来して参りました」

　と答えた中田新八がおしんを見た。

　頷いたおしんが話題を転じた。

「赤目様、おりょう様からお聞きしましたが駿太郎さんは、すでに実の父親の須藤平八郎どののことを承知しておるそうですね」

「そのことについて、駿太郎にはわれらの口から然るべき時節に真実を伝えたかったが、世間には余計なことを為す者がおるものよ」

小籐次の返答に二人が頷いた。二人がおりょうからおよその話を聞いた様子に、やはりあのことであったかと二人の来訪の理由を察した。

「もっと早く小出お英様の墓所が分ればよかったのですが、小出家ではこの一件、極めて厳重に口止めしておりましてなかなか調べがつきません」

「当然のことであろう」

駿太郎の実父須藤平八郎と小出お英は身分違いの上に、小出家では美貌のお英をなんとか藩主青山忠裕の側室に上げ、小出家の再興の足がかりにしようとしていた。

そんな矢先、下士の須藤とお英が恋仲になり、駿太郎を身籠ったのだ。

お英の父親の小出貞房はこの事実を認めようとしなかったばかりか、駿太郎を産んだことを内緒にして殿の側室にとさらに画策したのだ。真実が洩れると小出家は再興どころかお家取り潰しも考えられた。

父親の須藤平八郎は駿太郎の命を守らんと篠山藩を離れて江戸へと出た。この騒ぎ、御鑓拝借《おやりはいしゃく》の相手の四家とも絡み、江戸で新たな展開を見せる。お英の産んだ駿太郎を小出貞房はあくまで亡き者にしようとした。愚かなる貞房の刃の前に身を挺して幼い駿太郎の命を守ったのは母親だった。お英は最後の最後に母親の気持ちに目覚めて、駿太郎を守るために死んだ。

主家青山家に裏切りともいえる企てを為そうとした小出貞房は、お英の死を秘匿した。

「江戸でもお英様の墓所がどこか、なかなか調べがつきませなんだ。こたびとある御用で京に滞在しておる折に、偶《たま》さかわが丹波篠山の小出家の話を耳に致しまして、おしんさんと二人篠山城下に行って参りました」

「駿太郎の実母お英どのの亡骸は篠山に戻されておったか」

「はい」

とおしんが答え、中田新八が、

「篠山城下に小出家の菩提寺がございますが、そちらではございません。お英様の乳母が城下の西、矢代なる在所の出でございますが、この女子《おなご》の関わりがある少音寺に密かに遺髪だけが埋葬されておりました」

そこへおりょうとお梅と駿太郎が膳を運んできた。お梅はあいの代わりの女中だった。

「ただ今酒をお持ちします」

おりょうらが三つの膳を供して台所に下がろうとした。

「駿太郎、そなたに関わる話を中田新八どのとおしんさんがして下さる」

小籐次が言い、おりょうが頷き、駿太郎がその場に残った。

「中田新八どのとおしんさんがそなたの実母小出お英様の墓所を突き止めて下された。父が頼んでいたものだ。聞く気はあるか」

小籐次の言葉は予想もしないことだったらしく、駿太郎が息を呑んで黙り込んだ。

しばし間を置いた小籐次が、

「駿太郎、そなたの困惑は分る。だが、そなたが大人になったとき、実の父須藤平八郎どのはどこに眠っておるのか、母はどこに埋葬されておるのか、そなたが知りたい時が来るのではないかと思い、わしの一存でお二人に調べを願ったのだ。というのも母親の小出お英様は、丹波篠山藩に関わりがあったでな」

駿太郎はなにも言葉を発しなかった。

しばらく一座に重い空気が漂った。そこへお酒と残りの膳をおりょうとお梅が運んできた。

おりょうが膳を整えて、お梅が下がった。

勇気を奮って駿太郎が小籐次に糺《ただ》した。

「私を産んだ母は亡くなっておられるのですね」

駿太郎が念を押した。

塩野義佐丞《さすけ》は父親が須藤平八郎であることを駿太郎に告げたが、母親はだれとは言わなかった。駿太郎が塩野義の言葉を信じなかったからだ。

「そうじゃ、実の父も母もそなたを世に送り出すために身を捧げられた」

ふうっ
と駿太郎が息を吐いた。

「駿太郎、そなたの父はこの赤目小籐次、母は赤目おりょうであることに変わりはない」

小籐次の言葉にどこか安堵したように駿太郎が中田新八とおしんを見て、

「有難うございました」

と礼を述べた。

「駿太郎さん、なぜ私たちが赤目様から産みの親の小出お英様のお墓の場所を突き止めてくれと願われたか、その理由からお話し申します。聞くのが嫌なればそう言って下さい」

「おしんさん、話して下さい」

駿太郎の言葉におしんは、安心したように言い出した。

「駿太郎さんの産みの母御お英様のお家は、なんと私どもと同じ丹波篠山藩青山家の家臣です、それも藩主と血筋がいっしょです。そして、父上須藤平八郎様も同じく篠山藩士だったのです。ただ、お英様の実家は藩の重臣、父上の須藤様は身分が低い下士であったことが、駿太郎さんがこの世に独りで生きてゆかねばならない原因《もと》になったのです」

おしんは知りうるかぎりの小出お英と須藤平八郎のことを駿太郎に丁寧に説明した。

小籐次やおりょうの口から語るより、第三者のおしんが告げたほうが感情も加わらず駿太郎が得心してくれると思ったからだ。

長いこと黙考した駿太郎は、おしんの説明してくれた事実の一つひとつを己に得心させようと聞いた。

話者がおしんから中田新八に代わった。

「幼い駿太郎さんを伴い、父親の須藤平八郎様は江戸に出て来られ、いささか事情があって赤目小籐次様と尋常の勝負をなされた。その勝負の前に、須藤様はご自身が勝負に斃れた場合、この子を育ててくれと赤目小籐次様に願われたのです。このことは駿太郎さん、承知でしたね」

「はい」

中田新八の問いに駿太郎が返事をした。

中田新八もおしんも駿太郎に少しでも誤解を生じさせないように真剣に言葉を選んで話した。

その想いは駿太郎にも伝わっていた。

またおしんに話し手が代わった。

「赤目様と私どもは長い付き合いがありながら、駿太郎さんの母上のお英様が篠山藩の、青山家の家臣の家の出であったことを深く結びつけようとはせずに、時を過ごしてきたのです。いえ、私の勝手な推量ですが、赤目様はこれ以上わが藩主、老中青山忠裕に関わりを持つことを恐れられ、駿太郎さんを立派に育てることだけを考えられたのではないかと思います。違いましょうか、赤目様」

おしんの問いが小籐次に向けられた。

「いや、わしはな、駿太郎を育てることで、駿太郎を育てるきっかけになった騒ぎの諸々を忘れようとしたのだ。迂闊《うかつ》にも駿太郎の父親、母親ともに丹波篠山藩青山家と関わりがあったことを結びつけようとは考えもしなかったのだ」

小籐次がおりょうを見た。

「私は、ある時節から承知しておりました。されどそなた様が黙っておいでゆえ、なにか仔細があってのことと思い、口を閉ざしておりました」

「大事なことを迂闊にも気付かず、わしも歳かのう」

「いえ、最前そなた様が申されたように、中田様やおしんさんに話すことが決して小出家にも駿太郎にもよいことではないと考えられた結果でございましょう」

おりょうの言葉におしんが首肯《しゅこう》し、最後に念押しした。

「去年、塩野義佐丞なる者が駿太郎さんのお耳に余計なことを吹き込んだのをきっかけに赤目様は、いつの日か駿太郎さんが実の父母のことを知りたいと思うときがくる。その時のために小出お英様の埋葬された墓所を探してくれと私どもに願われたのです」

駿太郎が直ぐに頷いた。

「父上、母上、話は分りました」

　駿太郎が言った。そして、

「中田新八様、おしんさん、お手間をかけました。お礼を申します」

　と中田とおしんに感謝の言葉を改めて述べ、頭を下げた。

「駿太郎さん、なにか聞きたいことない。私どもが話し忘れていたことがあるかもしれないもの」

「小出お英様はどのようなお方でしたか」

　駿太郎がおしんに聞いた。

「駿太郎さん、私も中田新八様も江戸藩邸育ち、お英様にお目に掛かったこともなく国許のことも詳しく知りません。このたび篠山城下に三日ほど滞在致しましたが、どなたもがお英様の美しさと優しさを語ってくれました」

　おしんはそう駿太郎に語った。

「お英様は篠山領の矢代という地にある乳母の寺に眠っているのですね」

「鄙《ひな》びた山寺です。乳母のお咲が元気でお英様の墓の世話はしっかりとすると約束してくれました」

　しばし沈黙があって小籐次が銚子をとり、

「中田新八どの、おしんさん、御用の最中によう調べてくれました。礼を申しますぞ」

二人に猪口を取るように言って酒を注いだ。

注がれた猪口をいったん膳に戻したおしんが小籐次とおりょうに酒を注ぎ返した。

「駿太郎、いつの日か丹波篠山を訪れ、小出お英様の墓参りをなされ」

「母上、よろしいのですか」

「もちろんです。篠山藩がお許しになるならば、おりょうもいっしょに参り、お英様に『ようも駿太郎を産んでくれました』とお礼を申し上げたいと思います。そなた様はどうですか」

「駿太郎が心に決めた折に考えよう」

「おまえ様が行かなくてもおりょうは駿太郎に従います」

ふっふっふふ

とおしんが笑い、

「丹波篠山藩は赤目ご一家の城下入りを大いに歓迎致しましょう」

と言った。

「ささっ、一杯」

と小籐次の声で四人が猪口の酒を飲んだ。

小籐次は酒を口に含みながら、

（須藤平八郎の墓所を調べるのはこのわしであった）

と思い出していた。

須藤平八郎を刺客に雇ったのは、御鑓拝借騒ぎに関わる赤穂藩江戸藩邸中老職の新渡戸《にとべ》白堂であった。

ゆえに須藤平八郎の亡骸は赤穂藩が始末したと思われた。

そこで小籐次は、御鑓拝借騒ぎの折に付き合いが出来た赤穂藩江戸藩邸古田寿三郎を訪ねて、須藤がどこに葬られたか問い合わせようとした。ところが古田は参勤下番で赤穂に戻り、本四月には江戸へ戻ってくるとの赤穂藩江戸藩邸の門番の言葉であった。

すでに古田は江戸藩邸に戻っているはずだ。明日にも訪ねようと小籐次は胸に刻み込んだ。

二

翌日、小籐次は独り小舟に乗って須崎村から芝口新橋の新兵衛長屋の仕事場を訪れた。昨日より幾分早い到着だったが、すでに仕事場の研ぎ桶には新しい水が張られていた。むろんお夕の親切だった。

壁の向こうから勝五郎の声がした。

「駿太郎ちゃんはえれえな。ちゃんと年上のお夕ちゃんに言い聞かせてよ、元気を取り戻させたぜ。大人だってそう簡単に出来るこっちゃねえ。保吉がお夕ちゃんと同じようにいじけた態度をしたらよ、言い聞かせるどころか、おりゃ、頬べた一つも引っ叩いてよ、事を厄介にしたな」

「夕と駿太郎は姉弟のような間柄だからな。夕も駿太郎の言葉を耳ではのうて心で聞いたのではないか」

「そうかもしれねえ」

と応じた勝五郎が、

「酔いどれ様よ、血は繋がってないがあの二人、真の姉弟以上の仲だぜ。保吉とお夕ちゃんだと、こうはいくめえ」

「そうかのう。同じ新兵衛長屋で育った者同士だ。もし保吉ちゃんが奉公先から主らに無断で戻ってきたら、夕や駿太郎がきっと力になろうぞ」

「そうじゃねえな。やっぱりお夕ちゃんと駿太郎ちゃんの間柄は格別よ、二人して拐《かどわか》しに遭って危ない想いをしたり身延山代参したり、いっしょに経験しているからな。うちの保吉とは違う」

と言って勝五郎が続けた。

「酔いどれ様よ、駿太郎ちゃんがお夕ちゃんをどう説得したか知りたくないのか」

「あの二人、半日余り研ぎ仕事をしたのだったな。途中から新兵衛さんも真似を始めたらしいが、研ぎ仕事を無心にしたのがよかったのではないか」

「酔いどれ様、ただの研ぎ仕事ではないわ。駿太郎ちゃんはよ、去年、おりょう様に懸想した門人のなんとかという野郎に、実の父親が赤目小籐次ではなくて須藤平八郎だと余計なことを告げ口されたな」

駿太郎がそのことをお夕に持ち出したのかと、小籐次は驚いた。

「あったりまえの話だが駿太郎ちゃんは、驚いて我を忘れるくらい動揺したんだと、須崎村でのことだ。そのときよ、お夕ちゃんが事を分けて事情を説明し、駿太郎の父親は赤目小籐次その人しかいない、それを忘れて騒ぎ立てるなんて駿太郎ちゃんらしくないと必死で説き聞かせたんだってよ。そのことをお夕ちゃんに思い出させた駿太郎ちゃんは、姉と弟ならばどんな悩みだってお互い分け合い、お互いが手助けするものだって、懇切によ、言い聞かせたんだよ。

いや、すべてがおれの耳に入ったわけではねえよ。駿太郎ちゃんが年上のお夕ちゃんによ、諄々《じゅんじゅん》と言い聞かせる声から察したこともある。おれなんて、とてもじゃねえができっこねえ」

「そうか、駿太郎がな」

「ああ、子どもは親の知らないところで育っているもんだな」

勝五郎の言葉を小籐次は聞きながら、仕事にひと区切りがついたら、赤穂藩江戸藩邸に本日じゅうに古田寿三郎を訪ねようと改めて決めた。

その上で壁の向こうの勝五郎に言った。

「勝五郎さんや、そなたから聞いたただ今の話、わしは知らぬ振りをする。そなたも忘れて、しばらく二人の間柄を黙って見守ってくれぬか」

「それがいいというんならそうするけどよ」

勝五郎は釈然としない口ぶりだった。

「そうしてくれ、それが二人の為だ」

小篠次は壁の向こうにそう言うと、久慈屋でやり残した道具の手入れを始めた。

ただひたすらに研ぎ作業に専念した。

砥石は、昨日駿太郎が使ったもののようだが、研ぎ面に傷一つなく滑らかだった。勝五郎の言葉ではないが、駿太郎はいつしか見様見真似で研ぎ仕事を身につけていると思った。

一先ず久慈屋の残り仕事は終わった。

四つ半時分のことだ。

小篠次は古布に研ぎ上がった道具を包み、

「勝五郎さんや、久慈屋に届けて参る」

「ああ、分ったぜ」

と応じた勝五郎が、

「読売と黄表紙の彫りは違うのかね、版元がよ、酔いどれ様の旅話、蔦重の版木職人に彫らせるのだと。酔いどれ様の話だ、当然、おれに回ってくると思ったんだがな」

と悔しそうな言葉を告げた。

蔦重は本来蔦屋重三郎のことだが、蔦重はすでに二十年以上も前に死んでいた。ただ今の蔦重が蔦屋重三郎とどのようなつながりがあるのか小籐次は知らなかった。

「餅は餅屋ということばもある、こたびは我慢せよ」

小籐次は言い聞かせると長屋を出た。

すると、新兵衛が庭の一角で洗い桶を前に玩具の刀を研ぐ真似をしていた。砥石はだれが与えたか、三寸角六寸ほどの古い角材だ。

「精が出るな、新兵衛さん」

「人というもの、生きている内は仕事をせぬとな」

というはっきりとした言葉が返ってきた。まるで正気の人間の口ぶりで、小籐次は思わず新兵衛の顔を改めて見た。だが、単衣の帯はいつものようにだらしなく筵に垂れ、顔は相変わらずの茫洋とした表情だった。

十人十色というが、百人百色だと思った。人はこうだ、子どもはこうしなければならぬと決めつけるのは間違いじゃと、新兵衛を見て、小籐次はつくづく思った。

勝五郎が厠に行くのか庭に出てきて二人の話に足を止めた。

不意に新兵衛が小籐次を見上げた。

「研ぎの註文か、ちと立て込んでおるでしばらく道具を預かることになるがよいか」

どこで聞き覚えたか、まるで小籐次の口真似だ。

ああぁー、と勝五郎が驚きの声を上げた。さらになにか言おうとするのを小籐次が手で制し、

「いや、新兵衛さん、本日はいささか忙しいでまたにしよう」

「わしは新兵衛という名ではない。赤目小籐次である」

新兵衛が大真面目に言った。

「おお、間違えた。ご免なされ」

「以後気をつけよ」

「ははあ」

と小籐次は新兵衛の前を引き下がり、小舟に飛び乗った。

「これ、乱暴なことをするでない。さようなことでは他人様に迷惑をかけることになる」

「これはしまった。気をつけます、赤目様」

「気がつけばよい」

と新兵衛が言い、研ぎ仕事に戻った。

勝五郎が厠に行くのをやめて堀留の石垣上に来て、

「新兵衛長屋に赤目小籐次が二人もいるのか、厄介だな」

「よいではないか、わが名を覚えてくれていただけでも、有難い話だ」

「てへっ」

と応じた勝五郎が、

「さっさと行きな。そんでよ、なんぞ大口の仕事の話を探してきてくんな」

「わしは口入屋《くちいれや》ではない」

小籐次は舫い綱を外すと棹で石垣をついて、急いで小舟を築地川へとつながる御堀に向けた。


半刻後、小籐次の姿は芝口橋からさほど遠くない播磨国赤穂藩森家江戸藩邸の門前にあった。むろん大門は閉じられてあり、通用門内側に門番が控えていた。

森家の江戸藩邸は芝口橋の南詰めから南へ向い、飯倉神明社の門前で海側に一本入ったところにあった。

東海道筋の町名でいうと、神明町が浜松町と町名が変わる辺りの東側だ。

敷地は一万六六四七坪余、南には備中新見藩関家の江戸藩邸、東は江戸の内海に通じる堀に面していた。

「ご免下され」

作業着に破れ笠をかぶって陽射しを避けた小籐次は、孫六兼元《まごろくかねもと》を一本差しした形《なり》だ。

若い門番が小籐次をじろじろと見て、顎を上げて無言裡に用事を尋ねた。

「御先手組番頭古田寿三郎様は国許からお戻りであろうか」

「なに、そのほう、古田様の知り合いか」

「いささか存じておる」

「約定《やくじょう》はあるか」

「本日の約定はござらぬ」

「ならば出直せ」

と若い門番が小籐次を追い返そうとした。

「恐縮じゃが重ねて願う。古田様にお取次ぎあれば必ずお会い下さる」

「番頭は多忙な勤めである。そなた、なんぞ仕事を願いにきたようだが、古田様は国許から戻られてそう日が経っておらぬ。本日も多忙のお体、突然門前で物乞いまがいに仕事を願うても無理じゃ」

「仕事を願いに来たわけではない」

「なに、そなた、浪々の身であろうが仕事はなんだ」

「研ぎ仕事をいささか」

と小籐次が答えたところに門番の背後に朋輩《ほうばい》が姿を見せた様子で、応対していた門番に何事か尋ねた。すると若い門番が通用門の外を振り返り、

「名はなんだ」

と問い返した。

「住まいは芝口新町の住人と古田様に申し上げて下され。それでお分りでござろう」

「名も名乗れぬか」

門番が通用門の内側の朋輩に伺いを立てた。

「なにっ、芝口新町の住人じゃと」

「研ぎ仕事というております」

「どけ」

と若い門番に代わって顔を出した朋輩が、

「こ、これは」

と言葉を飲み込んだ。

「どうなされました、やはり物貰いの類にございますか」

最前の若い門番の声がした。

「なんでもよい。古田様に急ぎ伝えよ」

小籐次の顔を承知か二番手の門番が後ろに命じ、

「しばらくお待ちを」

と願った。

「相済まぬ」

小籐次は通用口の前で待った。

しばらくすると門内に慌ただしい足音がした。

「古田様、あの爺、何者でございますか」

若い門番は未だ事情が分らぬ様子で古田に尋ねたが無視されたらしく、通用口から古田寿三郎が、
ぬうっ

と姿を見せた。

「おお、酔いどれ様、お久しぶりにござる」

古田寿三郎が小籐次の手を摑んで上下に振った。

「ささっ、こちらへ」

と通用門から赤穂藩邸に小籐次は入れられた。

門番が四人集まり、入ってきた破れ笠の主を見た。

「造作をかけたな」

と小籐次に声を掛けられた若い門番が、

「この者、何奴です」

とだれとはなしに聞いた。

門番はまだ十七、八か。勤めに出て日が浅いのであろう。

「古村壱作、その方、このお方を知らぬか」

と古田が笑いながら尋ねた。

「知りません」

「酔いどれ小籐次こと赤目小籐次様の名を知らぬで、ようも森家に仕えておるな」

「酔いどれ小籐次って、御鑓拝借の相手でございますか。まさかこんな爺とは」

「壱作、そなたの言動でそなたの首ばかりか、わが藩が取り潰しに遭うやも知れぬ。以後気をつけよ」

古村壱作と呼ばれた若い門番が言葉を失って小籐次を見た。

「かような年寄りで悪かったのう」

小籐次がにたりと笑うと、古村壱作が身をぶるっと震わせた。


御先手組番頭の御用部屋で小籐次と古田寿三郎は対面した。

久しぶりに対面した古田寿三郎は、昇進したせいか貫禄が加わっていた。

「赤目小籐次様の武名いよいよ江都に鳴り響き、もはや赤目様を知らねば江戸の住人に非ずの感ありでございますな」

「古田寿三郎どの、さような戯《ざ》れ言はよい。みよ、古村と申した門番はわしの面も名も知らなかったではないか」

「あ、あれは若うございましてな、つい数か月前に下屋敷から上屋敷の門番に配置換えになったばかりでございましてな、失礼を致しました。あやつになり代わり、この古田寿三郎がお詫びを」

「もはやそのことはよい」

と古田の言葉を止めた小籐次が、

「本日は願いの筋ありてこちらに伺った」

「赤目様の願いなればなんなりと」

と古田が居住まいを正した。その顔に厄介な頼みでなければよいがと書いてあった。

「御先手組番頭なればさほど難しい願いでもあるまい」

小籐次は駿太郎の実母についてこの一年に起こったことを告げた。

「当然駿太郎どのは、おりょう様が実の母親ではないことはご存じですな」

「それは承知しておる。それがしが駿太郎を連れ子しておりょうと一家を成したのじゃからな。だが、赤子の時からわしのもとで育った駿太郎は、わしを実の父親と思うてきた」

「それをお節介者が赤目小籐次は父親ではないと告げ口したわけですか。駿太郎どのには衝撃の話でございましょうな」

「その動揺もなんとか乗り越えた。実の母親の小出お英様の墓所がどこにあるかも分った。もはや駿太郎は道理が分る年頃になっておる。ゆえにそれがしが弊した須藤平八郎どのの骸《むくろ》がどこに埋葬されたのか、知りたいと思い、本日こうして訪ねて参ったのだ」

古田寿三郎は小籐次の願いに沈黙で応えた。

あれこれと過ぎ去った昔の騒ぎの後始末を考えている表情だった。

「それがしが駿太郎の父親、須藤平八郎と戦った場にそなたはおったな」

古田が重々しく頷いた。

小籐次と須藤平八郎の戦いは、赤穂藩森家の御用達商人塩問屋播磨屋の江戸屋敷で行われた。赤穂藩の御用達商人だけに屋敷も森家の江戸藩邸の近く、新網北町にあった。

あの折、御鑓拝借騒ぎが鎮まった折に中老新渡戸白堂が起こした内紛に絡んでのことだった。

古田寿三郎の頼みに応じて小籐次は、新渡戸一派と戦う羽目になったのだ。そして、新渡戸に金子《きんす》で雇われた刺客が須藤平八郎だった。

「相分りました」

と古田が答えた。

あの戦いのあと、小籐次は赤子の駿太郎を抱いて播磨屋の江戸屋敷から芝口新町の新兵衛長屋に早々に引き上げてきた。

ゆえに中老新渡戸白堂一味の後始末がどうなされたか、また刺客であった須藤平八郎がどのような扱いを受けたか知らなかった。

「赤目様、二、三日、時を頂けますか。あの折のことは赤穂藩森家の浮沈にかかわる騒ぎ、公儀に知られてはならぬものでした。ために慌ただしい中で後始末が行われました。それがし、須藤平八郎どのがどこへ埋葬されたか、曖昧な報告しかうけておりませぬ。確かなところを調べた上で赤目様のお住まいをお訪ねします」

古田寿三郎が言った。

小籐次は頷いた。

「昼間はそなたが承知の新兵衛長屋に研ぎ場を設けておる。だが、夜は須崎村の望外川荘に戻るゆえ、どちらでもよい。訪ねてくれぬか」

「承知　仕《つかまつ》りました」

と古田が確約した。


式台まで古田に見送られて門に向うとなんと表門が開かれていた。

小籐次が通用門を通ろうとすると古村壱作が、

「赤目小籐次様、どうか表門よりお帰り下さい」

と藩主一行の登城でもなければ開かれない門を、腰を屈めながら指した。

「古村さんや、爺が芝口新町に戻るだけじゃ、あちらの門でよい」

「最前は天下に名高い赤目小籐次様とは存じませず失礼を致しました。お許し下さい。奥からの命でございます、どうか表門からお帰り下さい」

と再三願われた小籐次は、

「話のタネだ。二万石の森様の江戸藩邸の表門を潜って裏長屋に戻るとするか。古村さんや、この次はよしなにな」

「はっ、もはや間違いは犯しません」

古村壱作に見送られて小籐次は表門から通りに出た。

三

小籐次は八つ半の刻限、久慈屋に戻った。これから仕事するには中途半端な時間だ。ゆえに久慈屋に挨拶して早仕舞いにしようと思った。すると難波橋の秀次親分が大番頭の観右衛門と話し込んでいた。

「おや、お戻りですか」

観右衛門が迎え、小籐次は店の一隅に研ぎ場を見た。小舟にあった道具類を国三が店に運んで設えたと思えた。

「大番頭どの、急ぎ仕事がなければ本日は早仕舞いしようと思う」

「それは一向に構いません。どこぞに出かけておられたようですね」

小籐次は小舟を着けた足で芝口橋を渡り、赤穂藩江戸藩邸に向っていた。ちょうど久慈屋の店が立て込んでいたこともあり、その足で赤穂藩森家に向ったのだ。ゆえに観右衛門も小籐次がどこを訪ねたか知らなかった。

「お夕は落ち着いたと、最前見えた勝五郎さんから聞きましたがな」

観右衛門は小籐次の私用に立ち入ったかと案じて話柄を変えた。そこで、

「昨日、駿太郎と半日いっしょに研ぎ仕事を為したことがよかったらしい」

と小籐次も答えていた。

「本日は桂三郎親方の注意にはきはきと受け答えして、修業に励んでいたそうですよ」

「それはよかった」

小籐次は秀次親分に向き合うように久慈屋の上がり框に腰を下ろした。

「秀次親分、江戸は事もなしか。呑気な顔をしておられる」

「いえね、騒ぎがないわけじゃない。だが、寺方が関わった話だ。表向きにはわっしら町方が手を出せる騒ぎではございませんので」

「ほう、寺方がな」

「寺参りに行った老婆が三人ほど山門を潜った末に出てこないてんで。いつぞやの新兵衛さんみたいに神隠しじゃないかと噂されているんですよ」

「寺は神様の領分ではあるまい。仏様の縄張りだ。三人の年寄りがいなくなったのは同じ寺かな」

「いえ、それがどれも違いましてね、増上寺裏界隈の一乗寺、大養寺、陽泉寺とばらばらでしてね。一応芝界隈の住人なんですが、それぞれが別の寺に呼び出されたそうな」

「そりゃ神仏のせいではなかろう。人がからんだ悪さかな」

「赤目様の読みどおり、倅から呼び出されてなにがしかの金を持って寺の門を潜ったのは確かなんで」

「倅じゃと。また何ゆえ倅は母親を寺なんぞに呼び出した」

小籐次が秀次につい尋ねて、

（しまった）

と思った。

話を聞けばついつい手を出すことになると考えたからだ。にたり、と笑った秀次が、

「倅の使いって男がそれぞれの長屋を訪ねてきましてね、老いた母親と話し込んでいった翌日のことなんですよ。使いがいかにも実直そうなお店者《たなもの》でしてね、手代風の男というんで、母親も信用したらしい」

「奉公している倅から使いが来たか」

小籐次は奇妙に感じた。

「倅の朋輩という使いが言うには、倅がお店の金子を使い込んだので母親がその金を穴埋めしなければ、お店は辞めさせられる上、お縄になるみたいな話らしいんで」

「そりゃ、騙《だま》しだな」

「赤目様、私もね、小銭を貯め込んだ老いた母親を狙った新手の騙しだと秀次親分に言ったところですよ。ところがお寺さんはそんな使われ方をしたのは迷惑というので、秀次親分ら町方が入るのを嫌がって、どうにも手が出せないらしいん

です」

すでに話を聞いた観右衛門が秀次に代わって言った。

「それで久慈屋に愚痴をこぼしにこられたか」

「いえ、うちより赤目様の知恵を借りようと見えたんですよ」

観右衛門が言った。

「わしには生憎《あいにく》さような知恵の持ち合わせはないな。母親はだれも倅に弱いからな。致し方なくなけなしの金子を渡したというわけか」

それがね、と秀次親分が顔を顰《しか》めた。

「わっしが関わったのは一乗寺の件ですがね、うちの縄張り内の佐久間小路備前町の米屋の家作に長年住むおくめって、昔は髪結いで身を立てていた六十前の婆さんなんですよ。女手一つで育て上げた倅の享吉を山城町の質屋山城屋に奉公に出し、今じゃ見習い番頭を勤めているんです」

「見習い番頭が女か博奕《ばくち》にくるって、ついお店の金に手を付けたのかな」

小籐次の言葉を秀次が顔を横に振って否定した。

「おや、推量違いか」

「享吉は山城屋の金子に一文だって手をつけていない。当然使いを立てて母親に金子を頼んだこともないってんですよ。倅の名を使った騙しです。どうやらおくめを始め三人の年寄りに使いに立ったのは同じ人物らしいようでございましてな」

「観右衛門さんがいう新手の騙しとはこのことか」

へえ、そうなんです、と答えた秀次が、

「一乗寺に呼び出されたおくめの身が案じられますんでね、一乗寺に掛け合ったんだが寺社方の許しを得てこいと、坊主め、わっしらを最初から毛嫌いしてやがる。他の二寺はさらに酷《ひど》くて、けんもほろろの扱いでしてね、お手上げでさあ。調べは全く進まないんで」

「それでわしに愚痴を言いにきたか」

「愚痴ではございません、知恵を借りたいので」

小籐次と秀次は同じ問答を繰り返した。

「わしも坊さんは苦手じゃな。それにこちらはこちらで厄介ごとを抱えておる」

小籐次が答えると観右衛門と秀次が身を乗り出してきた。

「親分の出る話ではないぞ。駿太郎の父親の寺探しだ」

小籐次が前置きして中田新八、おしんからもたらされた駿太郎の実母小出お英の一件から実父の須藤平八郎の亡骸がどこへ埋葬されたか、関わりがあった赤穂藩江戸藩邸に問い質しに行った経緯を告げた。

「駿太郎さんはもう十一歳、物の道理が分っておいでだ。実の両親がどこに眠っているか知ってもよい歳ごろですね。それにしても母親は丹波篠山とはえらい遠い。直ぐにはお参りにもいけませんな」

「小出家にとって厄介ごとだ。遺髪を篠山に送って事を済ませた。亡骸はこの江戸のどこかに眠っているはずだがな」

小籐次の言葉に二人が頷いた。

「わっしの一件は、ただ今の赤目様に頼める話ではございませんな、わっしは近藤の旦那に相談しながら様子見だ。奉行所は寺社方と揉めたくないの一辺倒でございますからな」

秀次が言うと立ち上がった。

近藤の旦那とは南町定廻《じょうまわ》り同心の近藤精兵衛《せいべえ》だ。

「親分、他の二つは別の親分が関わっておるのか」

「へえ、一つは車坂の繁蔵って南町から鑑札を貰っている親分、もう一件は北町に関わりがある山下御門前の山下町の八兵衛親分がいなくなった婆さんとの縁で探索していています。だが、どちらも寺社方との絡みがあるんで、わっし同様に手を拱《こまね》いております」

小籐次の問いに秀次が座り直した。

「話が中途では気持ちがよくないでな」

と小籐次は言い訳した。

「いえ、わっしも大したネタは持ってないんで」

「山城屋の見習い番頭の享吉のお袋さんが一乗寺の山門内に姿を消したのはいつのことだ」

「昨日のことなんで。残りの二人はそれ以前、この六日間に婆さん三人が寺で次々に姿を消したのでございますよ」

「おくめさんはいくら金子を持って長屋を出たんだ」

「それがはっきりしないんですよ。なにしろおくめは享吉が山城屋の金に手を付けたと思い込んでいるから、面と向って長屋の者にも話していない。だけど使いが来たとき、隣りの住人のおかみさんが漏れ聞いていたんで、話はなんとなくわっしに伝わったんで」

「長屋の薄い壁も時には役に立つか」

「なんでも二十両とか言うのが聞こえたってんですがね。翌日、おくめが出かけるとき、隣人のおかみさんが『享吉さんがそんな大それたことをするわけない。まず享吉さん当人に糺したらどうだ』と忠言したら、『だから一乗寺で享吉に会うんです』と言い残して、そそくさと出かけた。ところが夕方になってもおくめさんは戻ってこない。一夜待ったあと、隣人のおかみさんがうちに知らせてきて、およその話が分ったんですよ」

秀次が言い残したことを告げた。

観右衛門も興味津々のところを見ると、初めて秀次に聞かされる話らしい。

「親分は当然山城屋に走ったんだろうな」

「へえ」

と答えた秀次はさらに説明した。

「山城屋は山城河岸にありましてね、南町奉行所にも近い。大番頭の緑蔵にまずこっそりと享吉の奉公ぶりを糺すと、見習い番頭から番頭への出世の話が旦那の間に出ているくらい、よく働く使用人だというんですよ。使い込みなどうちで許されるわけがない。それにこの数日、店から一歩も外に出ていないという話で、その場に享吉を大番頭が呼んだんですよ。そのとき、わっしは享吉の顔を見て、子どものころから知っていたことを思い出しました」

秀次から話を聞いた享吉の顔が真っ青になり、母親おくめの身をまず案じたという。

「享吉さん、おまえさんはお袋さんに使いを立てたことはないかえ」

「ございません」

秀次の問いに享吉がはっきりと否定した。

「使い込みをしたから穴埋めに二十両をと願ったこともない」

「ございません」

享吉の返答は明確だった。

大番頭の緑蔵も同意するように大きく首肯した。

秀次は初めて嫌な感じがした。

「享吉さん、おまえさんのお袋さん、おくめさんは二十両なんて大金を持っていたと思うかえ」

「母は親分も承知のように髪結いを長年やっておりました。また亡くなった親父は至って生真面目な大工でしたし、小銭を残していたはずです。お袋がその程度のお金を持っていたとしても不思議ではありません」

「使いの男に心当たりはないか」

「親分さん、使いは私の朋輩と言ったのですね。大番頭さんにお尋ね下さい。うちのお店で仕事中に外歩きなどまず出来るわけもありません」

　享吉の言葉に緑蔵が頷いた。

「親分さん、だれがうちのお袋を一乗寺に呼び出したか存じませんが、うちのことをある程度承知の者の仕業です」

「なぜそう思う」

「一乗寺はうちの親父の墓がございます」

　うっ、と秀次は言葉を詰まらせた。

　それなりに練り込まれた企てと思えたからだ。それにこの三件の企て、同一人物が一人でやった話と思えた。

　となると邪魔になるのがおくめら、三人の年寄りだ。金子を受け取ったあと、殺したことも考えられた。寺ならば老婆の骸を隠すところはいくらもあろう。

「大番頭さん、享吉さんに長屋に戻ってもらい、母親のおくめさんが金子二十両をほんとうに懐に入れて一乗寺に行ったのかどうか、さらには他に無くなったものはないかどうか調べさせてみることは出来ませんかえ」

「親分、おくめさんの身が心配だ。旦那様に断わって直ぐに享吉を長屋に戻します」

と緑蔵が請け合い、

「享吉さん、うちの手下の信吉を承知だな。信吉をおくめさんの長屋に向わせる。いっしょに手伝わせてくんな」

「はい」と享吉が返事をして、

「親分さんはどうなされます」

と尋ねた。

「わっしはね、もう一度一乗寺に行き、檀家の難儀だ、なんとか助けてくれと、住職に願って探索を許してもらおうと思う」

「お願い申します」

享吉が秀次に頭を下げた。


「で、もう一度親分が一乗寺に乗り込みなすった」

と小籐次が秀次に聞いた。

「へえ、だがよ、一乗寺の坊主の元仁《がんじん》め、えらく頑固で寺社奉行のお許しを得てこいの一辺倒でまた追い返された」

　秀次が頭を掻いた。

「大きな寺ではあるまい」

「へえ、日蓮宗安房誕生寺の末寺なんですがね、二年前までは貧乏寺でした」

「ということは貧乏を切り抜けたということか」

「へえ。新しい住職が安房から移り住んで、金杉橋の金貸しとやくざ者の二足の草鞋《わらじ》を履く金杉の鳶市《とびいち》と手を組みましてね、十日に一度の割で賭場を開いてやがる。賭場銭の上がりで貧乏寺を修繕したりして、安房の本寺に覚えがいいそうなんで。わっしもね、この賭場の一件を持ち出してもいいが、どうもおくめさんのことが気に掛かりましてね、黙って引き揚げてきたってわけですよ」

　秀次の話はようやく終わったように小籐次に思えた。

「親分、最前、わしに知恵を借りに来たというたが知恵とはなんだ」

「へえ、住職の元仁がわっしを山門内に入れたくないのは、十日に一度の鳶市の賭場が今晩開かれるからですよ」

「わしを引き込もうというのか」

「できますならばね。だが、最前話を聞かされたように駿太郎さんの親父様の一件が赤目様にはある。こんどばかりはわっしらで始末をつけます」

秀次が潔く立ち上がった。

小籐次が観右衛門を見た。

「どなたか、須崎村へ使いを立ててはもらえませぬか。よんどころない事情で今晩は芝口新町の新兵衛長屋に泊まるとおりょうと駿太郎に知らせておきたい。駿太郎の父親はすでに十年余り前に死んでおる。まず生きておる者の始末が先だ」

「承知致しました」

どことなくにんまりとした観右衛門が請け合った。

「親分、今晩、動き出すのは何刻だ」

「賭場なんて九つから夜明け前が盛りですよ。わっしらは四つ半時分に乗り込みましょうかね」

秀次の言動がきびきびとしたものと変わった。

「よし、四つ半に一乗寺の門前で会おう」

「合点です」

と答えた秀次が、

「わっしはこれから近藤の旦那と打ち合わせをしてきます。なにしろ寺社方がからむ話だ」

　と言い残した秀次がこんどこそ久慈屋の店を出て、東海道筋の出雲町へと姿を消した。

「赤目様の生涯に退屈の二文字だけは見当たりませぬな」

「観右衛門どの、赤目小籐次、五十路《いそじ》を超えた爺ですぞ。死ぬまで働かせるおつもりか」

「そのほうが張り合いもございましょう。ほれ、新たなるお客様ですぞ」

　と観右衛門が小籐次の背に眼差しを送った。

　振り向くとお夕が立っていた。

「どうしたな、夕」

　お夕が久慈屋の店に入ってきて小籐次と観右衛門に一礼した。

「昨日はお心遣い頂き、有難うございました」

「駿太郎が考えたことだ。時に姉が弟を助け、時には弟が姉を助ける、家族ならば当たり前のことだ」

「はい」

「何事も一人前になるには長い歳月がかかる。気を張りつめておるのは大事なことだが、時には息抜きもせぬとな。木を見て森を見ぬことになる」

「木を見て森を見ぬ、のでございますか」

「おお、細かいことに眼を配り過ぎて、全体を見通すことを忘れてしまうことだ。夕の修業は細かい作業のようで、小さな飾りの中に途方もなく大きな世の中の美しさが詰まっておるのだ。長い歳月をかけてこつこつ細部と大局の技を身につけたとき、師匠の桂三郎さんの境地に達するのだ。それには長い歳月がかかる」

お夕が小籐次の言葉をじっくりと吟味し、

「一月に一夜、須崎村に寄せてもらいます」

と答えた。

「それでよい」

「はい」

と元気よく返事をしたお夕が、久慈屋から芝口橋を渡って新兵衛長屋に駆け戻って行った。

「最初の壁を乗り越えましたかな」

「どうやらそのようだ」

観右衛門と小籐次は顔を見合わせ、安堵の息を吐いた。

四

小籐次は夜の四つ半時分に一乗寺の山門を潜った。

破れ笠に裁《た》っ付袴《つけばかま》、腰に使い慣れた備中《びっちゅう》次直二尺一寸三分が差し落とされた形だ。

ぬうっ
と提灯の灯りが突き出され、小柄な体に大きな頭のもくず蟹を押しつぶした顔が浮かんだ。

「初めての顔だな」

やくざを表看板に金貸しをなす金杉の鳶市の三下が破れ笠の下の大きな面を見た。

「なんだ、爺か」

「爺が一乗寺の夜参りに来ては悪いか」

小籐次が二人組に尋ねた。

「寺の夜参りにはお足が要るんだぜ。爺、賽銭は持っておるのだな」

「持ち合わせがないこともない。いささか入用な金子に足りぬゆえ、金杉の親分の賭場で増やすことを考えた」

三下が呆れたという顔をした。

小籐次は金杉の鳶市について下調べをしてきた。

金貸しとやくざの二足の草鞋を履くにしては近所の評判も悪くなかった。新堀川界隈が縄張りだが、祭礼にもそれなりの祝金や付け届けを欠かさず、住人に貸した金は理由があれば待つ寛容さも持ち合わせているという。また賭場のテラ銭も相場の五分しかとらぬという。むろん陰ではそれなりの悪さを働いているはずだが、

「金杉の鳶市親分は話が分る」

との言葉も聞かれた。

「おめえな、博奕は損して当たり前、なにも儲ける奴ばかりではねえんだぜ」

三下も親分を見倣ったか、小籐次に親切に諭《さと》した。

「それも承知だ。遊ばせてくれぬか」

二人の三下が顔を見合わせ、

「どうしようもない鴨が来やがった」

という顔付きで小籐次を通した。

小籐次が駆け引きしている間に頰被りした難波橋の秀次親分と信吉、銀太郎の手先たちが一乗寺の塀を乗り越えて墓場に入り込んでいた。

小籐次は本堂に向い、ここでも金杉の鳶市の出方に身を改められた。門前の三下より兄貴分が出方で、その出方が小籐次に念を押した。

「爺さん、ここがどこか分って来たんだな」

「表の兄さん方の注意を聞いたでな、承知だ」

「よし、本堂脇に代貸がいなさる。そこで銭を駒札に替えるのだ」

と許された。

鳶市の賭場は大金を賭ける遊びではないようだと小籐次はなんとなく推測した。

本堂の階段下で破れ笠と草履を脱いだ小籐次は、本堂に入ると阿弥陀様に向って合掌した。

盆茣蓙《ぼんござ》は本堂の裏に設けられているらしく、賭場特有の緊張がそちらから伝わってきた。

「客人、阿弥陀様に長く願ったからって勝つとは限らないぜ。さっさと駒札に替えて奥に通りな」

銭箱を傍らに置いた代貸が、薄い灯りで手に次直と破れ笠を大事そうに持った小籐次を見て、うむ、と首を傾げた。

「おいおい、おめえさんは酔いどれ小籐次様じゃないか」

「おお、わしの顔を承知か」

「表の連中は見落としやがったか」

と吐き捨てた代貸が、

「酔いどれ様よ、騒ぎを起こしにきたんじゃないな」

「若い嫁がな、稼ぎが足りぬというのだ。包丁一本研いで四、五十文の稼ぎでは嫁の口を満足させられぬでな、今宵は大きく稼いで大きな面で家に戻りたいのだ」

「おめえさんの面は、端っから馬鹿大きな面だ。そうそう、酔いどれ様の嫁さんは美形だってな。おりゃ、金杉橋に生まれ育ったがおめえさんの嫁様の顔を拝んだことはない」

「それは残念だな。なぜわしは承知か」

「おめえさんは久慈屋の店先の研ぎ場で見かけるからな。それにしても五十路を過ぎて若い嫁を貰うのも考えもんだ。いくら替えるね」

「持ち合わせは一両だ。せめて五倍に増やしたいのだがな」

「博奕はな、欲をかくほど損をする遊びだ。一両をどぶに捨てることになるぜ」

「代貸、客筋はどうだ」

「この界隈の貧乏寺の坊主、小店の旦那番頭、品川宿の半端もん、麻布辺りの百姓だ。堅気が多いから安心しな」

「一両なんて大金を駒札に替える大口はおるまいな」

「酔いどれ様よ、博奕は素人《とうしろ》だな。うちの賭場だって、一両なんてのは金のうちに入らねえ。表の馬鹿が見逃したから致し方ねえ、今晩は遊ばせてやるよ。損したからといって刀を振り回すのはなしだ、いいな、酔いどれ様」

「相分った」

代貸は小籐次が差し出した一両を灯りでしきりに確かめ、ようやく木製の駒札を四枚くれた。

「なに、一両が四枚ということはこの一枚が一分ということか」

「ああ、そういうことだ。おまえ様は江戸で知られたお人だ。おめえさんだから初めての面でも賭場に通すんだぜ。もう一度念を押すがよ、負けたって怨みっこなしだ」

「だれも恨まぬ。それにわしは勝つつもりだ」

「いいか、それがいけねえてんだ。ちびちびとな、勝癖のついている客に乗っかって張るんだ。まあ、勝たないまでも四半刻は遊べよう」

「代貸、そなたの注意はとくと聞いた。いいか、わしが大勝ちしても素直に駒札を本物の小判に替えてくれよ」

「おお、負けることもあるってことを忘れちゃならないぜ」

代貸は意外にも親切に博奕指南をしてくれた。

本堂の仏壇の裏手に回ると煌々《こうこう》とした箱行灯《はこあんどん》が天井からいくつも吊り下げられ、貸元が盆茣蓙の外にいて、盆茣蓙を見渡す一角に中盆《なかぼん》が座していた。ちょうどひと勝負終わったか、ツボ振りが負けた客の駒札を勝った客へと手際よく渡していた。

裸の胸下にきりりと晒《さらし》を巻いた中年のツボ振りが小籐次の顔を見て、

「客人一人を入れてくんな」

と十数人の客に願った。

そんな客の何人かが小籐次に気付いたようで口をあんぐりと開けて驚いた。だが、名を呼びかけるなど野暮はしなかった。その代わり中盆が貸元の金杉の鳶市と思える男を、

ちらり
と見て眼で合図した。

うむ
新しい客に眼をやった貸元が隣りに座る坊主に何事か言った。この坊主は客ではなくて、一乗寺の住職元仁だろう。四十三、四の身を持ち崩して坊主になったような面構えだ。

「これはこれは、珍客のご入来だ。酔いどれ小籐次様が博奕好きとはね」

「金杉の鳶市親分か。よんどころのない事情でな、嫁女の願いで稼ぎにきた」

賭場の客全員が呆れた顔で小籐次を見た。

「去年の秋には六百両もの大金をあっさりと御救小屋に寄進した赤目小籐次様が金に困って賭場にお出でなすったたか」

芝浜辺りの網元か、陽光にやけた顔の男が小籐次に糺した。

「あの金子はわしのものではない。この一両分の駒札は、わしが汗水垂らして包丁なんぞを研いで稼いだ金だ。ゆえにだれにも文句は言わせせぬ」

「なんとも分らぬ理屈だな。盆茣蓙の上ではどんな金でも金は金だよ、酔いどれ様」

「わしは賽銭なんぞ貰う身ではない。ゆえに賭場に参った、今宵は稼がせてもらう」

「呆れた」

旦那風の羽織が言い、一座に笑いが起こった。

賭場の緊張がゆるんだ。

「赤目様、質しておきてえ」

「なんだな、鳶市親分」

「なんぞ魂胆があって、うちの賭場に入り込んだのではないな」

「赤目小籐次、代貸にも質された。わしは嘘と坊主の髪をゆうたことはない」

元仁が嫌な顔をした。

「ツボ振り、代わりな。場が小籐次様の登場で緩んだ。賭場の空気を締め直す」

と男のツボ振りに命じ、

「おくめ姐さん、頼まあ」

鳶市が本堂裏の暗がりに声を掛けた。すると、髪を伊達《だて》に結い上げ、縦縞の単衣を胸高に帯で締め込んだ女が、
すいっ

と現れ、男のツボ振りと代わった。

小籐次は内心仰天した。

倅が使い込んだ二十両の金子を一乗寺に届け、行方《ゆきがた》知れずになったと思えたおくめが、なんとツボ振りをしているではないか。それとも同名の別人物なのか。

小籐次は山城屋の見習い番頭享吉の顔を知らないのでなんとも決めつけられなかった。だが、なんとなく元髪結いのおくめのような気がした。それにしても年寄りだの老婆だのと聞いていたおくめ像とは全く違った。

粋だった、未だ艶が体から漂ってきた。

中盆が客たちに改めて断わった。

「ツボ振り、代わらせて頂きます」

おくめの口調も仕草もきびきびしていた。

「赤目様、お入りになられますか」

おくめが小籐次を見た。

「おくめさん、しばらく見せてもらってよいか」

「それはお客人の勝手でございますよ」

と歯切れよく応じたおくめに中盆が、

「お客人、ツボ振りが代わりました。賽とツボを芝浜の金治親方、改めて貰えますか」

と小籐次が網元の旦那かと睨んだ男に差し出した。

「おお、改めさせてもらおう」

金治親方が盆茣蓙に置かれた二つの賽を掌で改めて転がした。一と四の目だ。

次にツボの中を調べた金治親方が、

「なんの仕掛けもない」

と言い、

「わしらは果報者だぜ、またおくめさんのツボ振りが見られるとはな」

とその場の者に言った。

「有難うござんす」

おくめが二つの賽を無造作に盆茣蓙に転がした。

一の目が揃って出た。おくめは再び賽を摑み直すと転がした。こんどは六のぞろ目だった。二度出目が整うのは縁起がよいとされた。

これを見た中盆が、

「はい、ツボ」

と勝負の開始を告げた。

おくめが片膝を立て、ツボに賽二つを放り込むと、
くるり
とツボを手にした右手を廻し、一息止めたあと、
ぴたり
と盆茣蓙の上に小気味よく伏せた。

「はい、ツボ、かぶりました」

とおくめが歯切れよく言い、

「どっちもどっちも」

と中盆が客を誘った。

十数人の男たちが丁目、半目に分れて賭けた。

「丁半揃いましてございます」

おくめのツボを持つ手が鮮やかに翻《ひるがえ》り、客の視線が二つの賽の目を見た。

「二、六の丁」

おくめの淡々とした声とツボさばきに静かな歓声と嘆声が交差した。

ツボ振りおくめの盆茣蓙のさばきは見事の一語に尽きた。丁目に偏ることもな

く半目が続くこともなく客を上手に遊ばせていた。淡々としたツボ振りながら緩急があって、場に心地よい時が流れていくのだ。

増上寺の切通《きりどおし》の時鐘が九つを打った。

そろそろおくめが最前の男のツボ振りと代わる頃合いだ。

おくめの手が躍り、ツボが伏せられた。

今度も丁、半ほぼ揃っていたがわずかに丁方が多かった。

おくめが小籐次を見た。

小籐次の手がおくめの気持ちを汲んだように、半に四枚の駒札を賭けた。

「丁半、揃いました」

おくめの手が返ると、賽の目は、

「一と五」

がきれいに並んで見えた。

ふうっ

と小籐次が息を吐き、

「おくめさん、鳶市の親分、楽しい一刻であった」

と礼を述べて立ち上がった。

「赤目様、賭場はこれからが熱くなる刻限だ。赤目様ならばいくらだってお貸ししますぜ」

と鳶市が小籐次に言った。

「いや、場を乱すようだが、わしには博奕の才がないのがよう分った。これで失礼しよう。どなた様も機嫌よう遊びなされ」

と言い残した小籐次が盆茣蓙の前から立つと、おくめも最前の男のツボ振りと交代するために下がった。

「どうでしたね」

本堂の仏壇脇の代貸が小籐次を見た。

「気配で察していよう。そなたらが申すとおり博奕で勝ちはないことが分った」

「ふっふっふふ」

と笑った代貸が、

「赤目様には博奕より似合いの人助けがございますからね」

と言った。

「人助けな、こちらも儲けにはならぬ」

「六百両なんて大金をお上の御救小屋に寄進するお方は、うち程度の博奕の醍醐味では満足されますまい」

「いや、おくめさんのツボ振り、じっくりと拝見させて貰った。一両の見物料では足りぬくらいだ」

「わっしもね、これまで髪結いおくめのツボ振りの神業話は耳にタコができるくらい聞かされてきました。何十年かぶりにおくめさんが賭場に戻ってきて、うちの賭場で振った。昔取った杵柄、ちっとも業前は落ちてねえどころか、冴え冴えしたさばきを見せられたとき、ぞくぞくしましたぜ」

「そうか、おくめさんは、その昔ツボ振りであったか、どうりでな、見事な技であった。一目であの業前に惚れた」

「といって酔いどれ様が賭場に戻ってくる気配はなさそうだ」

「妙技は今晩十分に堪能させてもらった」

と言い残した小籐次は一乗寺を後にした。

西久保通にある天徳寺の山門前で小籐次は、難波橋の秀次親分や手下たちに合流した。すでに秀次たちは四半刻前に一乗寺から引き揚げて、小籐次を待っていた。

「お疲れ様にございました」

秀次が探索の時を作った小籐次を労《ねぎら》いの言葉で迎えた。

「参ろうか」

小籐次は秀次と肩を並べて、西久保通を北へと向った。

「赤目様、おくめの亡骸がどこぞに埋められていないか、墓場から庫裡《くり》、本堂近辺の床下を探し回ったが、どこにもそんな様子はないんでございますよ。まあ、夜のことだ。真っ昼間におおっぴらに探せというのならば、探し当てたかもしれませんがね」

秀次の言葉に疲れがあった。

「親分、もはやおくめ探しはよかろう」

「どういうことです」

「おくめは生きておる」

「えっ、なんですって！」

秀次親分が足を止めて小籐次を見た。

「歩きながら話す」

と前置きした小籐次は、今晩一乗寺で見聞したことを詳しく秀次に告げた。

黙って最後まで話を聞いた秀次が、

「赤目小籐次様でなければ、『嘘をこきやがれ、おめえの目は節穴か』と怒鳴り上げるところですがね」

「わしは倅の享吉を知らぬ。またおくめも今晩初めて会ったばかりだ。ゆえに同名異人であってもおかしくあるまい。だがな、難波橋の秀次親分、わしの勘はあのツボ振りが享吉のお袋の、髪結いのおくめであることを告げておるのだ」

「どういうことですよ」

秀次が苛立ったような声で質した。

「博奕の最中、ツボ振りの身許調べもできまい。明日、秀次親分がおくめなり、金杉の鳶市に会って真相を糺すのじゃな」

小籐次の言葉に秀次が黙って頷いた。

「世間は広いな、倅がお店の金を使い込みしたと呼び出された母親が、賭場で鮮やかな手つきでツボ振りを披露しておるのだからな」

小籐次の言葉に秀次が、
ふうっ
と吐息で応えた。

第三章　深川の騒ぎ

一

「いつまで寝ているんだよ」

勝五郎の声が壁の向こうからして、小籐次は慌てて目を覚ました。そして、一瞬、

(ここはどこだ)

と思った。

「そうか、新兵衛長屋に泊まったんだったな」

と洩らす小籐次に、

「歳は取りたくねえもんだな。てめえの寝た場所も分らないか」

「昨夜は徹夜みたいなものだ、寝たのが夜明け前だ。致し方あるまい」

「徹夜して秀次親分に付き合ったんだよな、読売のネタはとってきたろうな。そろそろ空蔵が顔を出すぜ」

「なにっ、空蔵が来るのか」

「ああ、昨日、おれが酔いどれ様は難波橋の親分の手伝いだと話したもの。当然、土産話を待っているさ」

「勝五郎さんや、わしはそなたらのために働いておるのではない。家族のために生きておるのだ」

「だったらなんで秀次親分の手伝いをするんだよ」

「そ、それは」

言葉に詰まった小籐次は、急いで夜具を畳むと手拭いと黒文字を持って井戸端に行った。

長屋の女衆のおきみらが朝餉の片付けをしながらお喋りをしていた。

「五つ前か」

「四半刻前に五つの鐘は鳴ったよ」

とおきみが答えた。

すでに新兵衛はいつもの場所に筵を敷いて、角材を砥石に見立てて研ぎ仕事の真似をしていた。

「新兵衛さんが仕事をしておるのに、本職のわしがこの体たらくではどうにも言い訳が立たぬな」

「だって帰ってきたのが夜明け前だろう。二刻と寝ていまい。五十を過ぎた年寄りが夜遊びでは体を壊すよ」

おきみが注意した。

小籐次は急いで顔を洗い、ともかく眼を覚ますと黒文字を咥《くわ》えて厠に行き、小便をしながら今日の行動を考えた。

勝五郎は空蔵が押しかけてくると言った。だが、読売屋に話すようなネタはない。

殺されたのではないかと思っていたおくめがなにしろ元気で、賭場のツボ振りをしていたのだ。事情も経緯も分らないまま、無責任なことを読売に書かれても困るし、話すべきではないと、小籐次は思案が纏まった。

「よし、今日は川向こうの深川蛤町《はまぐりちょう》裏河岸に出かけよう」

と決めて小籐次は厠を出た。新兵衛の前を通りかかると、

「いい若い者が遅くまで寝ておるのはよくないな」

とまるで小籐次の口調で叱られた。

「全くもってそのとおりでござる。これから急ぎ川向うに仕事に出向くことに致す」

長屋に帰った小籐次は研ぎ桶に砥石類を詰め込むと腰に次直を差し込み、

「出かけて参る」

と勝五郎に声をかけた。

「どこに行くんだよ。ほら蔵が手薬煉《てぐすね》引いてうちに来るんだよ。もう四半刻もすると姿を見せるからよ、待ってなよ。うちの稼ぎに関わることだ」

「勝五郎さん、昨夜の一件は全くもってあたりなしだ。秀次親分も話すべきことはなにもない」

と答えた小籐次は長屋を出た。

「あら、もうお出かけですか。朝餉を用意していますけど」

お麻が木戸口から声をかけてきた。

「気遣わせてすまぬ。本日は気分を変えて深川方面に稼ぎに出てみる」

と言い残し、小舟に研ぎ道具を載せた。すると勝五郎が慌てて姿を見せた。

「おい、ほんとに行くのか。おれが空蔵に叱られるんだよ」

「そなたが勝手に喋ったのではないか。他人の尻拭いはできぬ」

小籐次は言い残すと小舟を石垣から離した。

「酔いどれ様、仕事が終わったらこっちに戻ってくるよな。酒を用意して待っているからよ」

「勝五郎さんや、わしはおりょうと駿太郎のもとへ戻る。当分、深川方面でせっせと研ぎ仕事をして験なおしだ」

「なにっ、そんなけたくそ悪いことがあったのか」

「ああ、死人が生きていたんだよ」

「そんなばかな」

「ばかなことが起こったんだ」

と最後に勝五郎に声をかけた小籐次は棹《さお》を櫓に変えて小舟を仕事先に向けた。

蛤町裏河岸では、堀に突き出した板橋に角吉《かどきち》とうづが日よけをした野菜舟を着けて、客を待っていた。

野菜売りは朝の間が勝負だ。夏の強い陽射しを浴びると鮮度が落ちて、しなびて見た目も悪い。おそらく朝の間にこの界隈の女衆が買いにきて、一段落ついたところだろう。

元々は姉のうづが父親の造った野菜を野菜舟で深川界隈に売りにきていたものだ。うづが曲物師《わげものし》の太郎吉《たろきち》と所帯を持ち、弟の角吉が引き継いだのだ。

「あら、珍しい。赤目様だ」

うづが目敏く小籐次の小舟が近付くのに気付いた。

「遅くなった」

うづが小籐次の形と無精ひげが生えた顔を見て、

「須崎村でなにかあったの」

と聞いた。

おりょうは仕事に出る小籐次に毎朝髭を剃り、髷《まげ》を櫛で直してこざっぱりした時節の衣を着せていた。

「おりょうさんを嫁にもらって酔いどれ様も形が上がったよ」

と女客に言われるようになった小籐次だ。

「うづさん、須崎村は変わりなしだ。昨夜、難波橋の親分の手伝いをして夜明け前から新兵衛長屋で仮眠をしたのだ」

「なんだ、そんなこと」

「おれはさ、おりょう様に愛想を尽かされたかと思ったぜ」

弟の角吉が小籐次に笑いかけた。

「いや、こんなことが続けば角吉のいうとおり追い出されかねない。本日はいささか遅いが註文を聞いて回る」

「赤目様、うちの親方が待っていたわよ」

「ならば、そちらに舟を回すか」

「私、これから野菜を売りに回るからついでに註文をとってくるね」

「有難い」


小籐次は小舟を巡らして八幡橋際の曲物師万作《まんさく》と太郎吉親子が並んで仕事をする仕事場に顔を出した。

「おや、覚えていたのか、この界隈のことをよ。春先は身延山久遠寺に代参旅、そのあと、一、二度ちょろちょろと顔を出したと思ったら、お見限り」

「親方、三日に一度は顔を出しておろう」

「いや、五日といいたいが六日の間があって、ちょろりと顔を見せるだけだ。そんなこっちゃ、得意を失くすぜ」

「いかにもさよう。心を入れ替えて深川界隈をまめに回る」

言い訳する小籐次に太郎吉が研ぎの要る道具を差し出した。

「すまぬな、万太郎は元気かな」

「おお、奥の座敷で婆様が面倒を見ているがよ、ともかく元気で婆様はてこずっている。おりゃ、次は娘がいいよな」

万太郎は太郎吉とうづの間に正月に生まれた子どもだ。

「娘か、それもいいな」

「赤目様、研ぎ場をこさえようか」

「いや、橋の下に舟をつけておる。あそこは風が吹いて涼しいでな、そちらで仕事を致す」

小籐次が道具を抱えると、

「酔いどれ様よ、昼はうちで食べな」

と万作が誘ってくれた。

「今朝は朝餉抜きゆえ助かる」

「なに、おりょう様の機嫌を損ねたか。そういえば形が元に戻ったたな」

万作が小籐次の体を破れ笠の下の顔から足先まで見回した。

「事情があってな、徹夜を為し、新兵衛長屋に一刻半ほど眠っただけだ」

「どうりでむさ苦しいや」

万作の言葉に送られて小籐次は八幡橋下に停めた小舟に戻った。

研ぎ桶に堀の水を張り、預かった道具の研ぎ順を決めた。

「よし」

と自らに気合いを入れて仕事を始めた。

研ぎを始めれば無心になれる。急ぐことなく一定の律動で刃を砥石の滑面に滑らせ、引き戻す。刃先にただ集中する動作が小籐次に無念無想の境地を招く。

ふと人の気配に気付いて振り返ると万作が立っていた。

「酔いどれ様、昼過ぎたよ」

「おお、もうそんな刻限か」

「九つ半かね、わっしも仕事のきりがつかずにこの刻限になった。女たちは昼餉を済ませていよう」

小籐次は研ぎ上げた道具を布に包んだ。

「おれに貸しな。酔いどれ様は人斬り包丁を腰に差さずばなるまい」

万作に道具を渡した小籐次は次直を腰に差しながら、

「こやつがなければよほど楽だろうな」

「酔いどれ様の武名は江戸に知れ渡っているんだ。世間様が許さないよ」

「そうかねえ、五十路を迎えて大小を差すのは重すぎるでな、近頃では一本差しだ。なんの役に立つのか知らぬがな」

二人は八幡橋の脇にある石段を上がって河岸道に出た。

夏の陽射しが照り付け、柳の葉もどことなくうんざりしたように垂れ下がっていた。

「御用だ！」

突然二人の足が止まった。

小籐次は万作の前に出て辺りを見た。

ちょうど万作の仕事場の前に旅仕度の三人の浪人者が通りかかり、その前後を十手や六尺棒やはしごを構えた御用聞きと手先たち、六人が囲んだところだった。

「武士に向って御用とはなんだ」

三人のうちの一人が御用聞きを睨んだ。

痩身にして総髪の顔はそげたように頬がこけ、細い両眼が血走っていた。残りの二人も御用聞きらに囲まれながら平然としていた。

修羅場には慣れた連中だ。

「園田香五郎、村橋三八、淀野十五郎、二日前、深川冬木町の材木問屋飛騨屋小右衛門宅に押込み、番頭ら三人を殺して三百七十余両を盗んだ一件だ。てめえらの仲間の見砂及助をとっ捉まえたら、白状したんだよ。高飛びは許さねえ！」

御用聞きが小気味よい啖呵で応じた。

「酔いどれ様よ、三十三間堂町《さんじゅうさんげんどうちょう》の仁八親分だ。えれえところに行き合わせたぜ」

万作の言葉を聞きながら小籐次は押込み強盗の一人の動きを見ていた。

万作の仕事場に赤子を抱いたうづと太郎吉が思いがけない展開に茫然自失して立ち竦んでいた。

その様子に一人の浪人が目をつけた。

小籐次は破れ笠に差した竹とんぼを摑むと、刀を抜いてうづに切っ先を向けようとした浪人に向って指を捻り上げ離した。

小籐次が研ぎ仕事の合間に作る竹細工の一つ、破れ笠に差し込まれた竹とんぼの羽は薄く削がれていた。その竹の刃が当たると刃物の切っ先で斬られた以上の傷を残した。

小籐次の手を離れた竹とんぼはまず陽の射した地面近くに下降して飛んでいく。

そのとき、二つ目の竹とんぼを摑んだ小籐次が、

「おーい、盗人ども」

と長閑《のどか》な声で呼びかけた。

思わず、うむ、と振り向いた浪人の足元から竹とんぼが這い上がって顎から頬を切り裂いた。

同時に小籐次は二つ目の竹とんぼを飛ばすと河岸道を横切り、万作の仕事場に入り込もうとした浪人の鳩尾《みぞおち》を、鞘ごと抜いた次直の柄頭《つかがしら》で突いた。

顎を竹とんぼで切られ、立ち竦んでいた浪人は小籐次の攻めにその場に崩れ落ちた。

二つ目の竹とんぼに気付いた浪人が素早く切り落とした。なかなかの腕前だ。

小籐次はうづと太郎吉に背を向けると、

「どうだ、観念せぬか」

と呼びかけた。

「爺、小器用な技を使いおって、その手は二度とは食わぬ」

小籐次に瘦身総髪の浪人が視線を向けた。

「こいつは助かった」

と叫んだのは御用聞きの三十三間堂町の仁八親分だ。

「園田香五郎よ、おめえの自慢の剣術はなんだったかな。鹿島なんとか流か」

「岡っ引き、鹿島神道流じゃ」

「その鹿島神道流、来島水軍流に通じるかえ」

仁八親分の言葉に余裕が生じていた。

「なんだと、その流儀は」

「おめえが爺と呼んだお方をどなたと心得るよ」

園田香五郎が小籐次を眺めた。

「まさか」

「おうさ、思い当たったたか。四家の大名を向こうに回した御鑓拝借の張本人にしてよ、過日は霊験あらたかてんで、わずかの間に六百両もの賽銭が集まった生き神様だ。しかもその六百両をあっさりと御救小屋に寄進したご仁だ」

「赤目小籐次」

「そういうことだ、園田香五郎、観念しねえな」

仁八親分の舌が滑らかに回った。

「仁八親分、引き札のような文句は止めてくれぬか」

「赤目様、助かったぜ。正直、わっしらだけで取り押さえられるかどうか自信がなかった。だがよ、こやつらが佃島《つくだじま》沖に停まった千石船に乗り込んで上方に逃げるとの下っ引きからの知らせによ、この場まで追い詰めたんだ。なんとも強い味方が登場なされたぜ」

「親分、わしは昨日徹夜同然でな、朝餉も食しておらぬのだ。一人は片付けた、残り二人はそなたらに任せよう」

「赤目様、生涯恩にきるからよ、おりゃ、流れ胴斬りとか波返しが見てみてえ。なあに、こやつら、奉行所からどんな手を使ってもよい、生死に拘わらず始末せよって触れが出ている野郎どもなんだ。一昨日の一件だけじゃねえ、江戸で三件の押込み強盗を働き、五人を殺し、七人に怪我を負わせた極悪人だ」

「わしは徹夜で朝餉抜きというたぞ」

へっへっへ、と笑った仁八が十手を下ろして、

「そのくらいでないと、こやつら二人、赤目様に太刀打ちできめえよ」

小籐次は背後に未だ控える太郎吉一家に、

「うづさんや、万太郎を抱いて奥へ引っ込んでおれ」

と命じた。

「致し方ない」

小籐次は次直を腰に差し戻し、

「園田某、そういうわけだ。どうするな」

と問いかけた。

「淀野十五郎、酔いどれ、たってただの爺だ。二人で叩き切って高飛びするぜ」

園田香五郎が背に負った道中嚢《どうちゆうぶくろ》の紐を解き、足元に投げた。よほど重いのか、ずしりと音がした。押込み強盗で奪った金子が入っているのか。

淀野も真似た。

小籐次は次直を抜くと二人の前に立った。

園田と淀野が刀を構えた。なかなか重厚な構えだった。

小籐次の左手に淀野が、右手に園田がいた。

間合いは一間余か。

小籐次は園田に視線を向け、次直は脇構えにおいて腰を沈めた。

仁八と手下たちがその場を遠巻きに囲んだ。さらに斬り合いに気付いた八幡橋界隈の住人が、

「おお、捕物か」

「いや、酔いどれ小籐次様だ、違うな」

などと勝手に言い合った。

もはや二人には逃げる術《すべ》はない。

園田が淀野をちらりと見て、無言で死地に入ることを確かめ合った。

「おおっ」

と叫んだのは園田香五郎だ。

その瞬間、視線を園田に預けたままの小籐次が左手に飛んだ。

相手にとって不意打ちだった。小籐次の刀が淀野の右脇腹を撫で斬ると、さらに次直は園田に向けられて流れ、園田が、

「ござんなれ」

と小籐次の首筋を斬りつける刃を掻い潜ると、喉を真一文字に斬り割っていた。

一瞬の早業だった。

しばし八幡橋界隈を沈黙が支配して、小籐次の口から、

「流れ胴斬り二人斃し」

の声が漏れ、手にした次直の血ぶりをした。

二

三十三間堂町の仁八親分は、北町奉行所の定廻り同心吉崎由夫との縁が深く、仁八を通じて深川八幡橋の騒ぎは直ぐに北町奉行所に知らされた。

そこで北町から御用船に乗って吉崎らが駆け付けてくる間、小籐次は万作の家で昼餉を馳走になり、また橋下の小舟に戻って、経師屋《きょうじや》の根岸屋安兵衛親方の道具の手入れを始めた。

北町の連中が駆け付けてきたのは、八つ半過ぎのことだ。

小籐次の仕事をする小舟の傍らに御用船が停まり、ちらり、と小籐次を与力、同心らが見たが、そのまま石段を上がっていった。

しばらくすると、出役仕度の陣笠を被った与力が独り下りてきて、

「赤目小籐次どのか」

と小籐次に丁寧な口調で質した。

「いかにも赤目小籐次にござる」

破れ笠を被った顔を上げた小籐次に、

「おお、いかにも酔いどれ小籐次どのだ。それがし、北町奉行所定廻り与力東野龍右衛門にござる」

と言いながらにこやかに笑った。

小籐次は知らぬ顔だ。

「丁寧なるご挨拶痛み入る」

「そなたは南町奉行所と付き合いが深いでな、これまでわれら北町とはご縁がなかった。このたび北町のためにひと働きなされ、三人の凶悪な悪党どもを始末して頂いた。なんとお礼を申してよいかわからぬ。この通りでござる」

東野が腰を折り、陣笠の頭を下げた。

「研ぎ屋風情に丁重なる挨拶だが、ご無用に願いたい。わしは北町のためとか南町に縁があるとか、さようなことは考えておらぬ。このたびのことも行きがかりでな、曲物師の嫁と赤子が巻き込まれそうになったで、やむなく手を出したのだ。相手は三人、それなりの腕前の連中、それで刀を抜いてしまった。なんぞお咎《とが》めがござろうか」

「お咎めなどとんでもない。あの者ども、江戸で知られているだけでも三件の押込み強盗を働き、数多《あまた》の殺しを犯し、怪我人を出した非情残酷な連中でござった。

御用聞き仁八だけでは、反対に怪我を負わされて奴らは悠々と逃げていたであろう。その場に酔いどれ小籐次様がおられたのは奴らの悪運も尽きた証、大手柄にござった」

「……」

「赤目様、お調べのために形ばかりお立ち会い頂きたい」

と願われた小籐次は、致し方なく河岸道に上がった。

この場には仁八親分と手先がいたのだ。すでに仁八が同心に小籐次の動きまで真似てみせて、およその調べは済んでおり、小籐次が始末した二人の骸の検視が医師によって行われていた。

なんのために呼ばれたか、と小籐次は疑念を抱いた。

小籐次が驚いたのは野次馬が八幡橋付近に大勢集まっていたことだ。

竹とんぼの不意打ちを受け、小籐次の次直の柄頭で鳩尾を突かれて意識を失っていた村橋三八は、縄を打たれた恰好で万作の家の軒先に座らされ、青い顔をしていた。顎の傷はすでに医師の手当てが済んでいた。

「よう、日本一、酔いどれ小籐次様！」

野次馬の一人が叫び、それに呼応して大勢が口々に賞賛の言葉を小籐次に投げた。

「これ、騒ぐでない。お調べの最中じゃぞ」

小籐次が制し、

「わしは仁八親分をいささか手伝っただけ、こやつらを見付けたのは仁八親分らだ。手柄は仁八親分だ、間違えるでない」

小籐次の言葉に、

「へっへっへ、おほめの言葉もご褒美の金も要らないかえ、酔いどれ様よ」

「おほめの言葉もなにもわしはお節介な手伝いじゃというておろうが」

「それで済むかねえ、明日の読売は大変だぜ。赤目小籐次、深川八幡橋前で大暴れってな」

「これ、よさぬか。わしはそのようなことは望んでおらぬ」

と小籐次は答えながら、苦虫を嚙み潰したような読売屋の空蔵の顔が不意に浮かんだ。

空蔵は、小籐次に関わる出来事は一手に引き受けていると勘違いしていた。それが今回の深川での騒ぎ、出遅れるのは間違いない。だが、わしが空蔵のことを案じることもないか、と小籐次は思い直した。

「えっへっへへ」

と薄ら笑いを浮かべた男が小籐次の前に立った。どこかで見覚えのある顔だった。

「なんだ」

「わっしは読売屋鈴木彦兵衛の者にございましてね、山猿の三吉でございますよ」

小籐次は思い出していた。

芝口橋で空蔵と競って読売を口上付きで売る空蔵の商売敵だ。

「山猿とは奇妙な異名を持つな」

「出が秩父の山奥でございましてね、爺様の代に江戸に出てきたというのに未だわっしも秩父の山猿と呼ばれるんで」

山猿の三吉が答えた。

「この騒ぎ、どこで嗅ぎつけた」

「わっしはね、北町与力の東野龍右衛門様といささかお付き合いを願っておりましてね、北町の御用船に東野様が乗り込むところに声をかけますと、『山猿、仕事をくれてやる』と申されましてね、御用船の端っこに乗せてもらったんでございますよ」

「北町の与力どのが仕事をくれるとはどういうことか」

「そりゃ、決まってますよ。酔いどれ様の勲《いさお》しを書き立てて北町の殊勲を世間に知らしめるんですよ」

「なんと、また騒ぎに巻き込まれるのか。山猿とやら、よいか、この一件、わしの手柄ではない。なんといっても三十三間堂町の仁八親分の手柄だ。そのことをきちんと伝えよ」

「へえへえ」

と軽くいなすように返事をした山猿の三吉が小籐次から離れて行った。

「こまったことになりそうな」

と呟く小籐次に、

「おい、酔いどれ様よ、お調べなんて付き合うことないぜ。だって仁八親分がこの場にいたんだもの」

万作は小籐次と同じ考えを小声で言った。その上で、

「北町の役人はよ、酔いどれ様と付き合いがあるところを見せたいから、この場にわざわざ立ち会わせたんじゃねえか。こりゃさ、さっさと須崎村に戻り、望外

川荘で静かにしていたほうがよくはねえか。騒ぎが鎮まるのに何日もかかるぞ」

と言い足した。

「いかにもさようだな」

小籐次は東野の姿を探し、

「わしが関わった経緯は仁八親分がすべて承知じゃ、それに悪人どもの一人は生きておる。わしがこれ以上晒し者になることもあるまい。どうだな、勘弁してくれぬか」

東野与力が顎を撫でながら、

「そうですな、まあ、下調べはこちらで済ませます。ただし後日お白洲にお出で願うかもしれませんぞ。いえ、お叱りなどでは断じてございません、奉行が赤目様にお目に掛かりたいと申されるはず」

「研ぎ屋の爺に会うてなんになる。ご免蒙りたい」

「その研ぎ屋の爺様が六百両もの寄進を南町奉行所になされた」

東野与力の言葉には嫉妬の念が混じっていた。それを承知で小籐次は矛先を変えるために抗弁した。

「六百両は怪しげな金子ではないぞ。世間がなにを勘違いしたかわしを生き神様と間違えおって寄進した金だ」

「さようなことは百も承知でござる。ともかくただ今の江戸でだれが人気者というて、役者でもなく相撲取りでもなく酔いどれ小籐次こと赤目小籐次をおいて他になし」

「わしの知ったことではない」

小籐次は万作に、

「安兵衛の親方に、預かった道具はうちで研いで明朝には届けると言付《ことづ》けしてくれぬか」

「承知したよ」

小籐次が八幡橋下の小舟に戻ると、山猿の三吉が筆を手に紙に何事かを書いていた。

「なにをしておる」

「ほら蔵の読売に差をつけるためにさ、酔いどれ様が二人を叩き斬った流れ胴斬りの恰好をよ、描いているところだ。どうだ、これでよいか」

三吉が手にした紙を見せた。

そこには小籐次と思しき小男の爺様が二人の大男を斬り捨てた光景が描かれて

あった。

山猿の三吉、絵心もあるらしい。

いよいよほら蔵の落胆ぶりが目に浮かんだ。

小籐次は次直を抜いた。すると三吉が、

「ちょちょちょっと。おれを斬るのか、読売書いて斬られたんじゃ、間尺に合わないや。おりゃ、酔いどれ様の名を江戸じゅうに知らしめようというのだぜ」

「それが余計というのだ」

小籐次は次直の刃についた血糊を研ぎ桶の水で洗い流し、何度も水を通した晒し木綿で拭うと鞘に戻した。

「ああー、驚いたこと。おりゃ、斬られるかと思ったぜ」

「山猿を斬ってなんぞの役に立つか」

小籐次は言い残すと、さっさと小舟を八幡橋から出した。

「酔いどれ様よ、明日を楽しみにしていな、ど派手な捕物がよ、違うな、おめえ様の斬り合いがよ、江戸じゅうを賑わすぜ」

三吉は驚かされた腹いせに言葉を投げ、聞こえぬ振りをした小籐次は小舟の棹に力を込めた。

小籐次が須崎村の湧水池の船着場に小舟を着けたのは七つ半の刻限だ。クロスケの吠え声がして、船着場に駿太郎といっしょに黒犬が飛び出してきた。

「父上、お帰りなさい」

駿太郎は身延山久遠寺への代参旅のあと、また背丈が伸びたようで、もはや小籐次を一寸以上も超えていた。それに剣術の稽古のおかげで体に筋肉がついて動きも敏捷《びんしょう》だ。

「お土産はなしですか、家で徹夜仕事を為されますか」

砥石や経師屋の安兵衛の道具を入れた研ぎ桶を軽々と持ち上げた。

「土産どころではないわ」

小籐次がぼやき、小舟をしっかりと船着場の杭に結んだ。

クロスケが尻尾を振って一晩家を空けた主人を迎えた。

「クロスケ、ちゃんと番犬の役目を勤めたか」

駿太郎といっしょに望外川荘の内外を走り回るせいで、クロスケの四肢もしっかりとして成犬らしく育っていた。

「父上がおられずとも私とクロスケがこの家を守ってみせます」

研ぎ桶を抱えた駿太郎が胸を張った。そして、急に声の調子を変え、

「お夕姉ちゃんは元気でしたか」

と尋ねた。

「おお、駿太郎のおかげでな、夕は元気を取り戻し、桂三郎さんの下でしっかりと修業をしておるぞ」

「ああ、よかった」

駿太郎が安堵の声を洩らした。

「姉と弟、いつまでも互いを助け合える間柄だとよいな」

「はい。お夕姉ちゃんが大人になっても駿太郎との仲は変わりません」

「そうだな、長い修業が始まったばかりだ。夕が次に壁に突き当たるのは、何か月後、あるいは何年後かのう」

その折は父親とか師匠とか、そんなことではあるまい。錺の技がうまくいかず悩んだときであろう。だが、その壁に直面するのは年余の修業のあとだと小籐次は思った。

「そんなときは駿太郎がお夕姉ちゃんを励ましに行きます」

「そうしてくれ」

庭に出るとおりょうとお梅が縁側に立ち、

「お戻りなされ、お湯が沸いておりますよ」

とおりょうが声をかけてきた。

「駿太郎、本日の稽古は終えたか」

「えっ、これから稽古をつけて下さるのですか」

「駿太郎、そうではないわ。稽古が終わっておるなれば、湯にいっしょに入ろうと思うてな。昨夜は徹夜であった、背中を流してくれぬか」

小籐次はおりょうに差し料の次直を渡した。そして、明日から駿太郎に稽古をつけたり、研ぎ仕事をしながら騒ぎが過ぎるのを望外川荘で待つ日々が当分続くと思った。

「はーい」

と駿太郎が返答をして二人で湯に入ることになった。

小籐次の背を駿太郎が糠袋《ぬかぶくろ》で丁寧にこすってくれた。

「ふうっ、気持ちがよいわ」

脱衣場に人の気配がした。おりょうだろう。

「おりょう、駿太郎が背中を洗ってくれておる」

「私より駿太郎がよいと申されますか」

「男同士ゆえ気兼ねがないでな」

おりょうの含み笑いが小籐次の耳に届いた。

「駿太郎、湯船に移ろうか」

小籐次の言葉に駿太郎が手桶で湯船から湯を掬《すく》い、背の糠を洗い流してくれた。

親子は湯船に浸かった。しばし沈黙して着替えを仕度していたおりょうが尋ねた。

「おまえ様、なんぞ騒ぎに巻き込まれましたか」

「昨夜から難儀続きだ」

とぼやいた小籐次が、

「おりょう、どうしてそう思った」

「刀から血の臭いがかすかに」

「そうか、血ぶりして刃を洗ったくらいでは臭いは消えまいな。それはな」

と前置きした小籐次が万作親方の前での捕物に巻き込まれた経緯を告げた。

「なんとまあ、さようなことが」

「父上の行くところ騒ぎは付きものでございますね」

　おりょうと駿太郎が口々に言った。

「わしが願ったわけではないのだがな」

　とぼやく小籐次に、

「そう申されますな。酔いどれ小籐次は、天に代わって世直しの剣を振るっておいでなのです」

「世直しの剣のう」

「万太郎さんにもうづさんにも怪我はなかったのでございますね」

「それはない。ところが別の厄介がある」

「おや、なんです」

「三十三間堂町の仁八親分は北町の同心から鑑札を受けておるのだ。仁八親分は当然北町に使いを走らせた。すると与力同心が大勢来おってな、わしは取り調べに立ち会わされた」

「お役人の務めでございます」

「それが北町の与力どのには山猿の三吉なる読売屋がついておってな、明日にも深川八幡橋の捕物を読売に書き立てるというのだ。ようやく諸々の騒ぎが鎮まったと思ったらこの騒ぎだ。当分、わが家にいて仕事をしようと思う」

「それはようございますが、この界隈では包丁を研ぎに出すお方はそうおりません」

おりょうはそのことを案じた。

「今宵徹夜してでも安兵衛親方の道具を研ぎ上げる。その上で朝早く深川に届ける。そのついでに竹藪蕎麦や魚源《うおげん》の永次親方に研ぎ仕事がないか、聞いて回ってこよう」

その言葉を聞いた駿太郎が、

「父上、昨夜は寝ておられないのですね」

「うむ、一刻半ほどは寝た」

「顔に疲れが出ておいでです。今宵はぐっすりとお休みください。研ぎ上げたものは私が明日経師屋の安兵衛親方に届けます。そして、新たな註文を取って参ります」

と駿太郎が言い、おりょうが、

「それが宜しゅうございます」

と賛意を示して、

「老いては子に従えか」

と小籐次が呟いて湯船から上がった。

三

次の朝、駿太郎の稽古を見ながら小籐次は経師屋の安兵衛親方の道具を研ぎ上げた。すると駿太郎がその研ぎ上がった道具を小舟に乗せて、深川に向った。

船着場まで見送った小籐次が、

「よいか。竹藪蕎麦に魚源の永次親方、この二つで註文がなければ帰り道に浅草駒形の備前屋に立ち寄ってみるのだ。当分芝界隈にはそなたとて足を向けぬほうがよい」

と注意して送り出した。

駿太郎は来島水軍流の剣術とともに櫓や棹の使い方を小籐次から覚えさせられていた。十一歳になり、体が小籐次より大きくなった分、もはや川舟の扱いなど慣れたものだ。

駿太郎を見送ったあと、小籐次は次直の手入れをすることにした。

むろん刀と包丁などの研ぎでは、使う道具からかける時も全く違う。刀の研ぎは格別なのだ。

小籐次は下士の嗜《たしな》みとして父から刀の研ぎも習った。

目釘を抜いた小籐次は、刀身だけにして刃に毀《こぼ》れなどないか目と指先で調べた。大きな傷はない。そこで中砥を選び、軽く刃を整えた。この中砥も商いに使うものではなく、刀用の上等な砥石だ。さらに吉野紙に漆を貼りつけた刀艶を出す砥石に変え、最後に砥石の欠片《かけら》を薄く磨《す》った鳴滝砥石で地艶をかけて、拭った。拭いは、対馬砥を粉にして焼いた粒子を丁子油で溶いた粉汁での作業だ。

包丁などに掛ける十倍ほどの刻限を要した。それでも研ぎ師に願えば一月以上も預けた上に研ぎに時を要して、それなりの研ぎ代を請求された。

次直の作業がほぼ終わった頃、難波橋の秀次親分が顔を見せた。

「赤目様、読売を読みましたぜ。絵付きのものでえらくど派手に赤目小籐次様の活躍が描かれておりますぞ」

秀次が一枚の読売を差し出したが、小籐次は見向きもしなかった。

「わしは巻き込まれただけだ」

「へえ、わっしはこちらに来る前に深川八幡橋の曲物師のところに立ち寄ってきましたからな、万作一家からおよその経緯は聞きました」

「わしは、うづや赤子の万太郎に怪我がないように手を貸しただけだ」

「あやつらに三十三間堂町の仁八親分と手先だけでは太刀打ちできますまい。仁八親分にも会いましたが、酔いどれ様がいてどれだけ助かったかと感謝しておりましたぞ」

「その報いが読売だ」

小籐次は縁側に置かれた絵入りの読売をちらりと眺めた。

絵がなんとも大仰だ。

二人の大男の浪人者を相手に、小柄な小籐次が流れ胴斬りで倒すところが動きを伴って描写されていた。小籐次の傍らには意識を失った三人目が倒れ込み、背景には太郎吉、万太郎を腕に抱くうづが怯えた表情で描き込まれていた。

「この読売、飛ぶように売れておりましてな、空蔵が切歯《せつし》して悔しがっていましたぜ」

「親分、わしにどうしろというのだ。わしは南町の子飼いの手先でもなければ、空蔵を手飼いの読売屋として抱えているわけでもない」

「わっしは分ってますよ」

秀次親分が望外川荘の縁側にどっかと腰を下ろした。そこへおりょうが茶を運んできて、読売に眼を落とし、

「おまえ様の親切を煽り立てるような読売ですね」

と感想を述べた。

ふうっ
と小籐次が溜息を吐いた。

「北町はね、南町奉行所と関わりが深い赤目小籐次様をなんとか北町にも引き込もうとしていたのでさ。こんどの一件は渡りに船、山猿の三吉にど派手に書かせて、世間に酔いどれ様と北町は付き合いがあると、宣伝これ務めたってところですかね」

「空蔵に会ったか、親分」

「三吉の絵入り読売が売り出された直後に久慈屋の前で会いましたらね、空蔵、青菜に塩って顔で、『なにも三吉なんぞに喋らなくてもいいじゃないか、酔いどれ様も友達甲斐がない』と嘆いてましたぜ」

「わしは一言も喋っておらぬ。野次馬なんぞから聞き知った話を派手に色づけしただけだ」

「どうせそんなところだとは察しておりました」

「親分、この騒ぎ、何日も鎮まりそうにないか」

「ございませんな」

また溜息を吐く小籐次におりょうが、

「今朝のように駿太郎に研ぎ上がった道具を届けさせ、ついでに新しい註文を聞いて道具を持ち帰らせれば、それでよろしいではございませんか。おまえ様は、当分私の傍らで仕事をなされ」

小籐次はおりょうの言葉に頷く他はない。

「駿太郎さんの姿が見えないと思ったら、道具を届けに深川に行かれましたか。となると大川のどこかで行き違ったかな」

「経師屋の安兵衛親方のところに道具を届け、魚源の永次親方のところで仕事があればもらってこいと命じておいたでな、万作親方のところには姿は見せまい。昨日の今日、なにかあってもよくないからな」

小籐次が答え、改めて難波橋の親分を見ると、へい、分ってますってという顔で本題を話し出した。

「ツボ振りのおくめについては、後ほど報告します。その前に三人の年寄り婆さんが、奉公先で倅が金を使い込んだと騙され、金子を届けに行ったまま行方知れずになっていると、わっしは赤目様に申し上げましたな」

「そう聞いた。もっとも親分の担当はおくめ一人のようだったな」

「奉行所では三人の年寄りに虚言を弄して金を引き出そうとした人物は、一人とばかり決め付けておりました。ところがどうもそうではなくて、何人もの悪《わる》がこの手口で騙しを働いていることが分ったんでさ」

「なんと倅が奉公先で使い込んだと思わせ、母親から金を引き出すのが流行っておるのか」

「一人がやって稼ぎになれば直ぐにかような悪事は広がります。どこの町内にも一人や二人、小金を貯めている年寄りはおりますからな。そんな中には小銭を貸して利を稼いでいる婆さんもいる」

「今どきの婆様は知恵が回るな」

「そんな呑気な話ではございませんので」

秀次は、おりょうが淹れてくれた茶を一口喫した。

おりょうも次の歌会の御題の手本を考えながら、秀次の話を聞くことになった。

「二人目に誘い出されたのは、車坂裏の長屋に住むおすみって、元水茶屋勤めの老婆でしてね。こっちの探索はわっしと同じ南町から鑑札を受けた車坂の繁蔵親分がやっておりました。ところが、あの界隈の子どもが愛宕《あたご》権現裏の寺外の藪の中で、首を絞められて殺されたおすみの骸を見つけました」

まあ、と筆を止めたおりょうが顔色を変えた。

「なんてことだ。で、呼び出した男は捕まったか。愛宕裏といえば一乗寺に近いぞ」

「へえ、骸が見つかった辺りでおすみと思える年寄りと体付きがしっかりとした中年の坊主頭の男が話しているのを寺男が見ております。おくめを呼び出した若い男とは別ですね」

「もう一件はどうだ」

「こちらは東叡山の山下御門前の山下町の八兵衛親分の縄張りうちの出来事で、八兵衛は北町奉行所から鑑札を貰っています。こちらは未だ行方が分りません。ですが、どうもおくめの件ともおすみの一件とも違う相手と思えます」

「なんと厄介じゃな」

「へえ」

と答えた秀次が茶を再び飲み、

「おくめの方は、なんの被害もございませんので」

「あの様子ならばそうであろうな」

と答えた小籐次だが全く事情が知れなかった。


今朝方、秀次は金杉の鳶市を訪ねた。

玄関先で長いこと待たされた秀次が大きな声を出すかと肚《はら》を決めた頃合い、

「なんですね、難波橋の親分さんよ、こちとらは夜の遅い商いだ。わっしらの朝は昼過ぎですぜ」

苛立った顔で姿を見せた。

「金杉の、おまえさんが一乗寺で賭場の貸元を張ってテラ銭を稼いでいるのは承知のことだ。だが、あまり阿漕《あこぎ》でもねえようだから、見逃しているだけだ。そのことを忘れるんじゃねえ」

「朝っぱらから脅しですかえ」

金杉の鳶市がしばし考えた。そして、どさりと板の間に腰を下ろし、

「夕べ、うちの賭場に酔いどれ様が姿を見せたと思ったら、難波橋の親分の差し金か」

「おい、間違えるな。赤目小籐次様におれっち風情が指図を出来るものか。わっしが、深々と頭を下げてお願い申し上げたんだよ」

「あっさりと一両負けて楽しかったと言ってよ、酔いどれ様は戻られたぜ」

「ああ、昨夜はおれっちも一乗寺で探しものをしていたから承知だ」

「探しもの、とはなんだ」

「元女髪結いのおくめのことだよ。倅の享吉が奉公先の山城屋の金に手をつけた、急ぎ金を戻さないとお縄になるってんで朋輩を使いに立てて、一乗寺に持ってこさせた、その一件よ」

「話が見えた」

金杉の蔦市が言った。

「そりゃ、勘次の読み違いだ。勘次はな、おくめの倅の享吉と最初の奉公先が一緒でな、室町の薬種問屋に小僧として勤めていたんだ。だが、勘次は店の金をくすねたのを見つかって首になった。まあ、小僧なんで、奉行所に届けがあったわけではねえ。一方、この騒ぎの半年後に享吉はおくめのたっての願いで長屋に近い山城河岸の質屋に住み替えた。勘次と享吉は薬種問屋時代、仲がよかったらしく、享吉の口から髪結いだったおくめが小銭を貯めていることを承知していたんだ。そこでな、いかにも享吉が銭を使いこんだようにおくめを口車に乗せたつもりで、あろうことかおくめの亭主が葬られている一乗寺を金の受け渡し場所に指定した」

「なんとな」

「一乗寺はおれの賭場だ。そいつを知っているおくめが、おれに相談に来たんだよ」

「金杉の、おめえとおくめは知り合いか」

「ああ、若い頃からのな。おくめは、髪結いもなかなかの腕前だが、親父譲りのツボ振りの腕は、賭場で知らない者がいないほどだったぜ。難波橋の、おめえもツボ振りの弥一って名を聞いたことはないか」

「自在に賽の目を出すって評判のツボ振りだな。確か関八州の賭場に呼ばれて出入りに巻き込まれて死んだんじゃなかったか」

「その弥一の娘がおくめよ」

「驚いたな」

「おくめは親父が出入りで殺されたこともあり、大工の亭主と所帯を持ち、きっぱりとツボ振りは止めた。それが三十年も前のことだ。そんなおくめから相談を受けたのさ。なあに勘次って野郎が一乗寺の名を出したのは、うちの賭場に出入りしていたからよ。うちにも借財がだいぶ残っている。それでつい先日、うちの代貸が取り立てに行ったのさ。そしたら、事もあろうにおくめから二十両を騙しとり、賭場でひと遊びしようと考えた」

「で、金杉の子分が勘次を脅し上げておくめに貸しを作った」

「まあ、そんなわけでおくめにうちでツボを振る気はねえかと持ち掛けると、おくめも退屈していたのかね、昔取った杵柄の腕が鳴ったか、赤目小籐次様が負けた賭場のツボも振ったというわけだ」

「呆れたぜ。で、勘次はどうなった」

「あいつは当分江戸には立ち入らないぜ。さんざ脅し上げたからな」

「おくめはどうした。長屋に戻ってないぜ」

「おくめもな、酔いどれ様が賭場に来たのが解せないってんで、しばらく箱根辺りの湯治場でほとぼりを覚ますとよ。まあ、いったん火がついた気持ちは元には戻るまい。その内、うちの賭場でおくめのツボ振りが拝めるぜ。親分も見にこないか」

くそっ

と秀次が吐き捨てた。

「おれたちは一乗寺の墓なんぞにおくめの骸があると思ってよ、夜中に月明かりを頼りに探し回ったんだぜ。おくめめ、余計な手間をとらせやがって」

「そいつはご苦労だったな、難波橋の親分さんよ」

金杉の鳶市が愉快そうに笑った。

「……こんな話でございましてね、腹が立つやら、金杉の鳶市には笑われるやら散々な目に遭いました」

と秀次が話を終えた。

「おくめは髪結いでもあり、大工の女房でもあり、名代のツボ振りでもあったか」

「そんなおくめに目を付けた勘次は間抜け野郎ですがね、もっと間抜けなのは、夜中の墓場で汗を掻いて骸を探し回ったわっしらだ」

秀次が憮然とした顔で吐き捨てた。

「親分さん、おくめさんは無事だったんです。それはそれでよいではございませんか。だけど倅の享吉さんに母親のことをどう話すの。倅さんは母親が賭場のツボ振りだなんて承知なの」

おりょうが言った。

「へえ、そいつでございますがね、おくめが金杉の鳶市に言い残したそうなんでございますよ」

「なんと言い残したのだ」

「この一件、酔いどれ小籐次様にお願いしてくださいと鳶市に言ったそうなんで。いえ、嘘ではございません、鳶市の言葉をそのままお伝えしているんでございますよ」

秀次親分が恐縮の体《てい》で小籐次を見た。

小籐次は溜息を吐き、おりょうを見た。

「いいではございませんか。人助けが赤目小籐次の真骨頂です。御用聞きの秀次親分が山城屋に訪ねて行かれるとあれこれとお店の番頭さん方が詮索なされましょう。その点」

「わしならよいのか」

おりょうの言葉を小籐次が引き取った。すると秀次が、

「なにしろ赤目小籐次様と申せば、ただ今の江戸で一番武名の高いお方です。山

城屋も酔いどれ様の口利きに文句はつけますまい」

と答えた。

「わしはご覧のとおりしばらく川向うには足を踏み入れられない」

「おくめは元気なんです、一日二日倅の享吉に事情は知らせなくても大事はありますまい。享吉には生きていることを伝えます」

秀次が言い、なんとなくこの役目まで回ってきた。

「わしは何屋だ、他人様の面倒を見るなんでも屋か」

「なんでも屋、結構ではございませんか」

とおりょうに言われ、小籐次は黙り込んだ。


秀次親分が戻って四半刻もした頃、駿太郎と一緒に読売屋の空蔵が姿を見せた。

駿太郎が、

「空蔵さんと魚源の永次親方のお店でばったりと会ったのです」

と小籐次に言い訳するように告げたが、空蔵は黙りこくったまま縁側に腰を下ろした。

「父上、根岸屋の安兵衛親方から研ぎ代を頂戴してきました。それに魚源からと竹藪蕎麦の美造《よしぞう》親方から手入れをする道具を預かって参りました」

両腕に抱えていた布包みの道具を下ろした。

「ご苦労であったな」

小籐次の労いの言葉に駿太郎が、ちらりと無言の空蔵を見て、

「八幡橋の騒ぎで深川じゅうが持ちきりです」

と言った。

空蔵がなにかを言い掛け、また黙り込んだ。

「なんぞ文句があるのか」

はあっ
と力のない溜息が返事だった。

「空蔵、不景気な顔をするでない。わしとて致し方なく巻き込まれた話だ。どうすればよかったのだ。山猿の三吉は北町奉行所の東野与力といっしょに八幡橋に現れたのだぞ」

「聞いた」

ぼそりと言った。

「ああ派手に絵入りで書かれるとな、おれの立場どうなるんだ、酔いどれ様」

「知らぬな。わしはそなたのお先棒を担いでおるわけではない」

「ちくしょう、なんて言い草だ」

空蔵が苛立った。

「空蔵さん、黄表紙の進み具合はどうです」

おりょうが空蔵の機嫌を変えようと話題を転じた。

「ああ派手に他所でやられますとね、黄表紙もダメかもしれませんよ、おりょう様」

「空蔵さん、それは考え違いです。わが亭主赤目小籐次がまたも世直しの人助けをしたんです。そんな最中にわが亭主どのの亡母の供養旅が黄表紙で売り出されるのです。お客様は、きっと酔いどれ小籐次の未だ知られざる母恋しの旅物語を手にとってくれます」

「お、おりょう様、そううまく行きますかね」

「必ずそうなります」

「そうか、なるか」

と一旦立ち上がった空蔵が、

「おれがな、その場にいればな、押込み強盗二人斬りの話をよ、もっと懇切丁寧に書いたのによ、三吉め、絵なんぞつけやがってきたねえや」

と吐き捨て、またどさりと縁側に腰を落とした。

四

空蔵がさんざん泣き言を言って須崎村から姿を消したと思ったら、半刻もせぬうちに北町奉行所定廻り与力の東野龍右衛門が若い同心らを従え、小籐次を訪ねてきた。

小籐次がようやく空蔵の泣き言を忘れて、研ぎ仕事に熱中し始めた折のことだ。

「赤目小籐次どの、昨日は北町のためにお力をお貸し頂き、お蔭様にて凶悪なる三人の悪人ばらを始末し、また捕縛して頂きましてお礼の言葉もござらぬ」

恭《うやうや》しくも馬鹿丁寧なる言辞を吐き、小者に持たせた角樽《つのだる》を差し出した。

小籐次がそれを手で制した。東野が出役の場に読売屋の山猿の三吉を伴ってきたことを偶然とは思えなかった。なにか魂胆がありそうで小籐次は警戒した。ゆえに角樽を受け取らなかった。

来訪者に気付いたおりょうが、

「庭先では失礼でございましょう、座敷にお上がり願っては」

と苦虫を嚙み潰したような顔の小籐次に言った。

「礼ならば昨日十分にお受け致した。改めて礼など要らぬ」

と小籐次が吐き捨て、

「そうでもございましょうが」

とおりょうが宥《なだ》めて、東野与力と三人の同心を座敷に上げた。

「いや、赤目小籐次様とおりょう様のお住まいの望外川荘の風雅な佇《たたず》まい、風聞には聞いておりましたが噂以上、江戸とは思えぬ静かなる景色にて大川の流れのむこうに江戸城と富士の嶺が遠景にて見える光景は聞きしに勝る別邸にございますな。さすがは天下一の武芸者赤目小籐次様のお住まいにござる。いやはや果報者とは赤目様その人、歌人の奥方おりょう様もそれがしの想像した以上の美形にて、果報の上に果報を重ねた赤目小籐次様にござる」

余りにも敬語や丁寧語を重ねて慇懃無礼な感じを小籐次は受けた。

「東野どの、そなた、わざわざ江戸市中からわれら夫婦をおちゃらかしに参られたか」

「赤目様、おちゃらかしとはとんでもないことでございますぞ。本日は北町奉行に参りました」

榊原主計頭《かずえのかみ》忠之の代理としてお礼言上にお伺い致すと同時に奉行の言葉をお伝え

「東野どの、わしのほうにはなんら用はない。その上、見てのとおり研ぎ仕事がそれなりに忙しゅうてな、用事など聞いておられぬのだ。遠路はるばるお出で願ったのは恐縮じゃが、お奉行どのの言葉はお持ち帰り願おう」

小籐次がにべもなく断わった。

おりょうが小籐次の横顔を見たほどきつい口調だった。

「いえ、それではそれがしの役目が果たせぬ。どうか奉行の言付けをお聞き取り頂きたい」

「ならば申されよ。前もって断わっておくが奉行所の呼び出しなど受ける暇はわしにはない。そのおつもりで申されよ」

東野が眼を白黒させながら、

「赤目どの、こたびの一件、北町への信頼が一段と上がり申した。ゆえにお手柄の赤目小籐次様にぜひ北町までご足労頂き、褒賞を差し上げたいとの、奉行の言葉にござる」

「東野どの、お奉行のお言葉、この赤目小籐次確かにお聞きした。用事はそれだけでござるか」

「はあ」

と東野が小籐次を見た。若い同心が、

「赤目小籐次どの、与力東野様の言葉がお分りでないようじゃな。北町奉行直々のお呼び出しじゃぞ」

と怒りの表情で小籐次を詰《なじ》った。

「白洲にお呼び出しというか」

「赤目どのが受けねばその手もある」

ふーん、と小籐次が鼻で返事をして、

「その折はその折のことよ。本日の趣旨承った」

「それだけか」

「それ以上のなにがござるな」

「お、おのれ」

若い同心は腕自慢か、膝に置いた拳で刀を摑もうかどうか迷っているのがありありと見えた。

「笠間、そなたがいくらなんとか一刀流の免許皆伝とはいえ、赤目小籐次どの相手では話にもならぬわ。本日は事の外、赤目どののご機嫌が悪い。また出直そう」

と東野が諦め、立ち上がった。

「東野どの、わしは昨日もいうたが、南北両奉行所のどちらにも加担して御用を勤める気はない。また読売屋に媚びをうっておのれの行いを書き立ててもらうことをよしとはせぬ。読売屋が書くこと、あちらも商売ゆえ止めるわけにはいかぬ。ゆえに見逃しておるだけのことだ。年寄り爺の暮らしを邪魔せんで頂きたい」

小籐次が言い、庭先にいた小者が角樽をどうしようかと迷う顔に、

「愛想なしであったな。本日はお持ち帰り願おう」

と優しく言葉をかけた。

北町与力東野の一行が荒々しい足取りで船着場に戻って行った。

「おまえ様、本日は手厳しい応対でございましたな」

「おりょう、最初が肝心だ。われら、なにも南町を応援するわけではないが、南と北の争いに巻き込まれてみよ。どこぞに隠遁せねばならぬぞ」

「隠遁でございますか。それもまた風雅な暮らしにございますな」

とおりょうが呟いたものだ。

小籐次は縁側で研ぎ仕事を始め、駿太郎は庭先で木刀を持って素振りを始めた。その傍らでクロスケが駿太郎の稽古を眺めている。

時折、駿太郎が素振りを止めて木切れを遠くに投げると、クロスケが取りに走っていく。どうやら駿太郎は素振り五十回ごとに木切れを投げている様子だ。

その内、素振りでは物足りなくなったか、木刀を片手で振り回しながら泉水の周りを走り始めた。クロスケが喜んで従う。

駿太郎は庭石があれば飛び上がった。するとクロスケも真似た。また桜の枝などが横にあれば木刀を捨てて両手でぶら下がり、体を上げ下げした。さすがにクロスケには出来ない芸当だ。

不酔庵は泉水の水の上に茶室の一部が張り出していた。その傍から泉水の真ん中の小さな浮島に飛び石が設けられていた。飛び石は、どこかの別邸の土台石に使われたものか、形が不ぞろいだ。それが風情を添えていた。

駿太郎は飛び石の上で飛び上がり、飛び下りて木刀を振るった。

須藤平八郎の血を引き、赤目小籐次が幼い折から辛抱強く来島水軍流の基を教え込んだのだ。並みの十一歳ではない、力が有り余っていた。

夕暮れ前、魚源の道具の手入れが一段落した。

竹藪蕎麦の道具は明日の朝に回そうかと、片付けを始めたとき、船着場に船が着いた気配があって駿太郎とクロスケが迎えに行った。

小籐次は急いで縁側の研ぎ場を片付けた。

賑やかな声が風に乗ってきた。どうやら知り合いらしい。

「どなたでございましょう」

おりょうも縁側に立ち、不酔庵のほうを見た。

「父上」

駿太郎の声がし、クロスケの吠え声が親しい人に会ったようで嬉しそうに響いた。

不酔庵の背後から久慈屋の大番頭観右衛門と手代の国三、それになんとお夕までもが姿を見せた。

「ああ、これはお揃いで」

小籐次は最前の北町の連中への応対とは異なり、にこやかに迎えた。

国三は両手に角樽と風呂敷包みを提げ、お夕も大皿を風呂敷で包んだようなものを胸に抱えていた。

「どうなされたな、大番頭どの」

「またまたお手柄をお立てなされたようですね。芝口橋界隈は大騒ぎで赤目小籐次様を一目見んと大勢の人が押しかけております」

「そんなことであろうかと、こちらで仕事をしておる。観右衛門どの、わしは好き好んで読売のネタになっておるのではないぞ」

「言い訳なさらずとも私は重々承知です。北町の定廻り与力東野様を追い返されたそうな」

「早耳じゃな」

「東野様自らがお店に立ち寄られ、赤目様のご機嫌を直すにはどうすればよいと尋ねられました。その折、望外川荘から追い立てられた経緯を聞かされましたので」

「追い立てられたとは大仰な」

「いえ、追い立てたも同然でしたよ、おまえ様」

とおりょうが口を挟み、

「おりょう、あの者たちをにこやかに接待せよと申すか」

「いえ、そうではございません。まあ、おまえ様の腹立ちも分らないではございません。ゆえに久慈屋の大番頭さん方がおまえ様のご機嫌伺いにお見えになったのですよ」

「なに、わしのご機嫌伺いとな」

「まあ、そのようなことです。赤目様はまた当分芝口橋近辺には姿を見せられますまい。となれば、こちらから酔いどれ様のお顔をな、拝見に参りました」

「それは恐縮至極」

小籐次の視線がお夕に行った。

「父上、ほんとうはお夕姉ちゃんがうちに泊まるのは明日の晩です。だけど久慈屋の大番頭さんがお夕姉ちゃんを誘って一日早く来てくれたんです」

「そうか、そうであったか。皆に心配をかけたな、相すまぬ」

小籐次が頭を下げ、お夕が、

「赤目様、おりょう様、今晩泊まってよいですか」

と尋ねた。

「お夕さん、一日早くてもなんの差しさわりもございませんよ。今日は賑やかな夕餉になりそうです。大番頭さんも国三さんもいっしょして下さいよ」

とおりょうが言い残し台所に向うと、国三とお夕と駿太郎の三人が従って行った。

　縁側に小籐次、観右衛門、それに庭にクロスケが残った。

「いえね、赤目様のお怒りはなんとなく察せられますが、北町奉行の榊原忠之様も赤目様とこれを機会にお知り合いになりたいだけのことでございますよ。騒ぎが鎮まった折に北町をお訪ねになればきっと喜ばれます」

「わしは南も北も格別な関わりがないのだ。今まで偶々《たまたま》南町と付き合いが繰り返されてきただけでな」

「南町奉行の筒井政憲様と赤目様は面識がございましたかな」

「お偉方の町奉行などお目にかかる筈もないわ」

「ならばこの際、南と北の両奉行にお目にかかっておけば、なんぞの役に立ちましょう」

　赤目小籐次が南町奉行所と親しいのは、難波橋の秀次親分が南町の定廻り同心近藤精兵衛の鑑札を貰っている関わりでのことだ。小籐次が知るのは精々《せいぜい》近藤の上役で、『一首千両《ひとくびせんりよう》』騒ぎで付き合った定廻り与力五味達蔵くらいのものだ。

「大番頭どの、南北町奉行と知り合いになってどうなるというのだ。これ以上騒ぎに関わるのは面倒だ」

「ですから、お奉行と面識があれば、同心方や御用聞きが簡単に赤目様に声をかけることはなくなりますぞ」

「そうなりますかな」

「なりますとも」

と観右衛門が請け合い、

「赤目様は六百両を町奉行所の御救小屋に寄進なされた。となれば北町奉行榊原様も南町奉行の筒井様も赤目様にお目にかかり、一言お礼を申し上げたいのは礼儀、人情でございますぞ」

「それが面倒なのだ」

ふっふっふふ、と笑った観右衛門が、

「榊原様はな、北町奉行に五年前に就かれました。その折が五十四歳でした。旗本織田信昆様の三男でして榊原忠堯様の養子に入られ、ようやく日の目を見た苦労人です。五十九歳の榊原様の裁きは迅速にして公平、かつそつのない裁決でしてな、部屋住みとして苦労なされただけに下々の暮らしもよく承知です。名前は出しませんが、とある商人が榊原様にそれなりの賂《まいない》を贈り、願いごとをしたことがございました。そのとき、金子を突っ返された上にその商人を逆に摘発なされたご仁でございますよ」

「ほう、さような人物が北町奉行か」

「剛直にして私利私欲なきお奉行様です」

「本日、与力どのが角樽を持ってきおったが突きかえした。非礼であったかのう」

「いえ、榊原様はいよいよ赤目様に関心を持たれましょうな。どうです、うちでお二人の奉行と会う手筈は整えます。筒井様と榊原様に礼を申し述べる機会を作っておあげなされ」

と観右衛門が小籐次を説得した。

「ふーむ」

おりょうが小籐次と観右衛門に酒を運んできて、小籐次が観右衛門の言葉を伝えた。その話を聞いたおりょうが、

「観右衛門様のご配慮、時宜を得たものかと思います。おまえ様、お目にかかることになされ」

と願った。

「わしは奉行だなんだかんだと、えらそうな奴は好かんのだ」

観右衛門が笑い出した。

おりょうが二人に盃を持たせて銚子から酒を注ぎ分けた。

「なんぞおかしいか、大番頭どの」

「町奉行は老中支配下にございますぞ。赤目様は老中首座に等しい青山忠裕様と親しい交わりがございましょうが」

「なに、奉行は老中の支配下か」

「比べようもございませぬ」

「ふーん」

と返事をした小籐次が手にした盃の酒を飲んで、美味いと思わず言った。その言葉に得心したと思った観右衛門が、

「あとは時と場所でございますな」

「ただ今の騒ぎが収まったあとで願おう」

首肯した観右衛門が、

「場所は主《あるじ》の昌右衛門《まさえもん》とも相談させて下され」

「お任せ申す」

と小籐次が返事をしたとき、賑やかに膳が運ばれてきた。

いつもは小籐次の家族三人だ。それが観右衛門、国三、お夕、それにお梅も加わり、賑やかな夕餉になった。

お麻がお夕に持たせたのは鰹《かつお》の造りだ。それにおりょうが夕餉に用意していた鯵《あじ》の塩焼き、なまり節と筍の煮合わせ、えのき茸のすまし汁とご飯は紫蘇《しそ》飯だ。

「これは馳走じゃな。おりょうも一杯頂戴せぬか」

小籐次に注がれたおりょうが、

「頂戴します」

とゆっくりながら一息に飲み干し、

「夏の冷や酒は美味しゅうございますな」

と思わず独白した。

「これはこれは、おりょう様が酒好きとは思いませんでしたぞ」

「観右衛門様、亭主どのが酔いどれ様でございます。つい酒の味を覚えさせられました」

「川向こうの騒ぎと違い、こちらはなんとも風流、それに真に麗しい話にございます」

と観右衛門が話を戻した。

「それほどの騒ぎでしたか」

「おりょう様、赤目様が始末した三人、上方に船で高飛びする寸前で、三人の懐には江戸で押込み強盗を働いた四百七十両もの大金があったとか。もっとも三吉さんの読売の受け売りですがな」

と観右衛門が答えた。

「ともかく野放しにしておれば、新たな死人が出るのは必定。それを赤目様が止められたのです。北町の榊原様が赤目様にお礼を言いたい気持ちもよう分ります」

「大番頭どの、もはやそのことはよい。お麻さんからの鰹を頂戴しようか」

と小籐次が口に入れ、

「口の中に夏が来た」

と思わず漏らした。

「ほんに庭に緑、口に鰹に筍、夏の風情この上なしでございます」

お夕も駿太郎もお梅も笑い合いながらそれぞれが夏の味覚を競い合って食し、宵闇が深まっていった。

第四章　石屋修業

一

土地の人から芝金杉町と呼ばれる土地が新堀川河口の南側にある。

江戸の内海に近く、潮風も吹いてくるのだが、陸奥会津藩松平家の中屋敷が海側を塞いで、この界隈から海は見えない。

そんな町内に小さな寺が十ほど塀を連ねて固まっている。法門寺、徳念寺、円乗寺、安楽寺などだ。この十寺の中でもひと際小さく、荒れ果てた寺があった。清心寺だ。

小籐次と駿太郎は傾いた山門にしばし足を止めて、眺めた。

昼下がりの刻限だった。

「ここなのか」

小籐次の問いに、赤穂藩森家の御先手組番頭古田寿三郎が済まなそうな声音で応えた。

「は、はい」

小籐次は荒れ果てた山門前の寺名を彫り込んだ石柱を見ていた。

「池上本門寺末寺清心寺」

とあった。

なんと日蓮聖人が亡くなられた池上本門寺の末寺であった。ということは身延山久遠寺と関わりがあった。

「赤目様、あの折、慌ただしくも藩内の後始末に追われて須藤平八郎どのの弔いまで気が回らず、小者が屋敷に出入りの鳶《とび》に埋葬を頼んだ末に引き受けたのがこの寺なのです。申し訳ございません」

古田が父子に詫び、

「確かに須藤平八郎どのの亡骸はこの寺に葬られたのだな」

と小籐次が念を押し、

「それはもう間違いございません」

と古田が言い切った。

須藤と小籐次が戦ったのは十年余も前のことだ。それに須藤平八郎は森家の中老新渡戸白堂に頼まれた刺客、その中老は藩主の意を受けてのことではない。江戸藩邸の実権を握ろうとして動き、須藤を赤目小籐次暗殺の刺客に雇ったのだ。赤穂藩森家にとって、

「厄介」

以外の何者でもない。

あの当時、須藤を葬る以前に赤穂藩の内紛を公儀に知られぬようにすることが、まず最優先事項だった。

「赤目様、小者が頼んだ相手を探し当てるのにかような日数を要したのです。その者、人足寄場に入っておりました。そこで藩邸出入りの町方役人に願い、私自ら役人と同道して、その者に会いましてて確かめました」

ならば間違いあるまいと思った。

「なにより清心寺の住職が須藤平八郎どのの埋葬を記憶しておりました、ゆえに間違いございません」

古田寿三郎は念には念を入れたらしく駿太郎をちらりと見て言った。

駿太郎は黙したままだ。

「よし、和尚《おしよう》どのに会おう」

と答えた小籐次が、

「和尚はそれがしがこちらに来るのを承知か」

「いえ、赤目様のことも駿太郎様のことも一切話しておりません」

うむ、と答えた小籐次は、駿太郎を見た。

駿太郎の顔は緊張に険しくなっていた。それはそうだろう。実の父親の墓所に初めて訪ねるのだ。

「駿太郎、よいな」

「はい」

駿太郎は小籐次の顔を見て頷き返した。

三人は小さな本堂に一礼し、庫裡に向った。

清心寺の敷地は精々三百坪あるかなしかだ。その一角に狭くて小さな墓地があった。

庫裡の敷居を跨いだ古田が、ご免、と声をかけると奥から初老の住職らしい人物が姿を見せた。着古した作務衣《さむえ》姿だ。

「おや、また見えられたか」

酒焼けした顔が言った。

「須藤どのの関わりの者を連れてくるというたではないか」

「まあ、うちに投げ込まれる骸の大半が無縁仏でな、旅の途中で身罷《みまか》ったものばかりだ。あのお方は珍しく侍であったから、独り別に埋葬した。とはいえ埋葬料は二朱しか頂戴しておりませぬ」

と住職が、いくらか法会料を支払ってくれるのだろうな、という顔で古田を見た。

小籐次は陽射しを避けた破れ笠を脱ぎ、住職を見た。すると、白髪が二分ほど伸びた頭の住職が小籐次を見て、驚きの顔をした。

「ご大層なお賽銭を稼いだ酔いどれ小籐次様ではあるまいな」

「承知か、いかにも赤目にござる」

「なに、うちの墓に眠っている人物と戦った相手は酔いどれ様か」

住職が訝しげな表情で小籐次を見た。

「いかにもこのわしが須藤どのの相手であった」

「酔いどれ小籐次が相手ではあの者も運がなかったな」

「和尚、そなたの名は」

「高村宋瑛《そうえい》じゃが」

「須藤平八郎どのに、まずは読経を上げてもらおう」

しばし小籐次の言葉を吟味するように思案していた宋瑛が、

「天下の酔いどれ様と知り合いになって損はあるまい」

と呟き、着替えてくる、と言った。

「われら、墓の掃除をして待つ」

「墓石などないぞ。愚僧が認《したた》めた卒塔婆《そとば》が傾いで立っておる。篠山藩所縁の士と書いてあるで直ぐ分ろう。閼伽桶《あかおけ》は土間の隅にある」

宋瑛は須藤が丹波篠山藩の元藩士と承知していたのか、三和土《たたき》の一角を指した。

閼伽桶が三つばかり並んでいた。その二つは取っ手が壊れていた。

奥に向い掛けた宋瑛が、

「酔いどれ様、そなた、酒には不自由はしまいな」

と羨ましそうな顔で尋ねた。

「和尚、酒好きのようだな、今晩の飲み代は読経代として払っていく」

「そいつは有難い」

宋瑛がにんまりと笑って奥へと引っ込んだ。

小籐次と駿太郎は住職の説明した風雨に晒され、黒ずんだ卒塔婆の前に立った。駿太郎の手に水の入った閼伽桶と柄杓《ひしゃく》があった。

古田寿三郎は、父子から少し離れた場所に無言で立っていた。

小籐次が卒塔婆の裏を確かめた。

梵字《ぼんじ》の認められた板裏に、須藤が篠山藩士であったことを示す文字が消えかけて薄く残っていた。むろん墓石はなしだ。

「駿太郎、間違いない、そなたの実父須藤平八郎どのの墓所じゃ」

小籐次の言葉に駿太郎はなにも答えず、卒塔婆の後ろから咲きかけた橙赤色の凌霄花《のうぜんか》を見ていた。凌霄花はのうぜんかずらとも呼ばれる。

明らかに気持ちが動揺していた、駿太郎はその動揺に必死で耐えていた。

小籐次は駿太郎の気持ちが落ち着くのを待っていた。

無言の時が流れ、駿太郎が卒塔婆の前に跪《ひざまず》き、卒塔婆の周りの土を手で掬って握りしめた。そして、その土を卒塔婆の根元に少しずつ戻した。

そんな動作を何度も繰り返した。

小籐次は卒塔婆の周りの草を抜いた。

ふうっ
と駿太郎が小さな息を吐いたとき、年代物の墨染の衣に着替えた宋瑛が姿を見せた。

「酔いどれ様、そなた、身延山久遠寺参りをしたのであったな」

どうやら空蔵の書く読売を読んだようだ。小籐次が頷いた。

「わしが読経する間、南無妙法蓮華経と胸の中で唱えておれ」

宋瑛の眼差しが駿太郎に向けられた。

「本名須藤駿太郎、ここに眠る須藤どのの倅だ」

宋瑛が両眼を剝いて、小籐次と駿太郎を見た。

「そなた、戦った相手の子を育てておったか」

「今ではわしの子だ」

「な、なんと」

宋瑛が気持ちを鎮めると、読経を始めた。

その間、駿太郎は卒塔婆の傍らの土を摑んでは散らし落とす動作を繰り返していた。そして、身延山久遠寺詣でで覚えた日蓮聖人のお題目を口の中で唱えていた。

小籐次も古田寿三郎も頭《こうべ》を垂れて合掌し、ただ黙って読経を聞いていた。

読経の声が乱れ、不意に止んだ。

「供養は済んだ」

宋瑛が法会料を催促するように言った。

「和尚、ちと話を聞きたい」

小籐次の言葉に、面倒なという顔をしたが思い直したように、

「庫裡へ」

と先に立った。

駿太郎は閼伽桶の水を卒塔婆と凌霄花の根元に撒きかけた。

庫裡で茶が供された。

一人いる小坊主が淹れた渋茶だ。駿太郎と同じぐらいの年齢だろう、だが、背丈が七、八寸は低かった。

「御坊、改めて後日弔いに参る」

「墓を建てるということか。見てのとおりの狭い墓地だ。大きなものはだめだぞ」

「研ぎ屋風情が建てる墓だ、立派なものが出来るものか。精々二坪もあれば済む程度の墓石だ」

墓所の一坪は一尺四方だ。

「その程度ならよかろう」

「のうぜんかずらの前に日当たりのよい場所があったな」

小籐次はおりょうを伴い、須藤平八郎の遅まきながらの十一回忌を営もうと思った。

「酔いどれ様、そなたには六百両もの賽銭が上がったそうだな」

「あれは御救小屋に寄進した」

「読売で読んだ。だが、墓の建て代は要るぞ」

宋瑛の言葉に古田が初めて口を開いた。

「和尚、欲はかかぬことだ。赤目小籐次様が差し出す供養料を黙って受け取れ。ぐずぐず抜かすと赤目様の代わりに赤穂藩が出ることになる」

古田の脅し文句を、ふーん、と鼻で返事をして宋瑛が聞き流した。

「和尚、須藤平八郎どのは骸だけ運ばれてきたか」

「粗末な早桶に入れられて夜中に運ばれてきた」

「持ち物はなかったか」

宋瑛が小籐次を見た。

「この子は須藤平八郎どのの実子というたぞ。父親の思い出の品があればと思うたのだ」

「財布などなにもなかった」

「なにが早桶に入れられてあった」

小籐次が宋瑛の含みのある言葉を糺した。

「わしはなにも金に換えてはおらぬ」

と言い訳した住職が不意に立ち、奥へと引っ込んだ。

「赤目様、この寺に須藤どのの墓を建てるおつもりか」

「望外川荘に戻り、おりょうと駿太郎の一家で相談致す。じゃが、縁あって須藤どのはこの地に十年余も眠っておるのだ。この地を墓所とするのも悪くはなかろう」

小籐次は身延山久遠寺の日恩老師ならば、きっと賛意を示してくれると思った。

「もしそうと決まればわが藩の出入りの墓石屋に手配を致します」

「古田どの、わしにいささか考えがある。そなたが動くのはそれからにしてくれぬか」

小籐次の言葉に古田が頷いたとき、宋瑛が一口《ひとふり》の脇差を下げてきた。

「この刀がな、胸の前に抱かされておった。大刀はなかったぞ。これが唯一の持物であった」

小籐次は何となく、色の剝げた黒塗りの脇差に見覚えがあった。

「拝見させてくれぬか」

小籐次の言葉に宋瑛が差し出した。

受け取った小籐次は、いささか湿気の臭いがする脇差の鯉口《こいぐち》を切り、鞘からゆっくりと抜いた。

備前ものの古刀か、小籐次はそう見た。

立派な拵《こしら》えではないが、刃には小乱《こみだれ》、沸《にえ》づき、焼幅が狭かった。実戦向きのなかなかの作刀と見た。

「御坊、本日の法会料に二両用意した。それで我慢せよ」

宋瑛がにんまりと笑った。

「だが、この脇差は須藤平八郎どのの持物ゆえ、実子の駿太郎が頂戴していく」

「寺に刀は要らぬといえば要らぬ」

なんとなく不満そうな口ぶりだった。

古田が、えへんえへん、と空咳をして宋瑛を牽制した。

「古田様、酔いどれ様とは同じ芝の住人、無理は申しませんよ、お持ち下され」

十年余も納戸に仕舞い込んであったか、手入れが必要だった。

「駿太郎、父親の遺品じゃ。わしが刀研ぎを教えるで、そなたが父の脇差を研ぎ上げよ」

小籐次は鞘に戻した脇差を駿太郎に渡した。

「はい」

小籐次は懐に用意した二両を宋瑛に渡した。

「墓を建てる折はそなたに相談致す」

小籐次の言葉に宋瑛が頷いた。

「この清心寺は池上本門寺の末寺じゃな」

「まさか本寺のお偉いさんを承知というまいな」

「身延山の日恩老師は知り合いじゃが、池上本門寺には知り合いはない。さりながら、わしが一筆身延の日恩老師に文を書けば、返書をくれよう」

「酔いどれ様、わしは偉い坊主は好かん。そなたに無理は決して言わんでな、あれこれと身延山や池上本門寺に言い付けんでくれ」

本寺には覚えが悪いのか、高村宋瑛が最後に懇願するように言った。

金杉橋に出たとき、古田寿三郎が大きな息を吐いた。

「どうですな、須藤どのが埋葬された場所に間違いございますまい」

「話の具合からも、駿太郎が手にした脇差にもなんとのう覚えがある、間違いあるまい」

「なんぞござればそれがしにお申し付け下され。赤目様にはわれら、足を向けて寝られませんからな」

と古田寿三郎が言い、芝神明町の辻で赤穂藩森家の江戸藩邸に帰る古田と別れた。

小籐次と駿太郎は黙々と芝口橋に向って歩いた。

「父上」

駿太郎が不意に小籐次を呼んだ。

「なんだ」

「駿太郎には別の父上がやはりいたのですね」

「信じてなかったか」

しばらく沈黙した駿太郎が、

「信じたくなかったのかもしれません」

と呟くように言った。

「そなたの気持ちは分る。だがな、考えてもみよ。わしは駿太郎の爺様の歳だ。駿太郎とわしの間にいた倅が須藤平八郎どの、つまりはそなたの父と思えぬか」

脇差を手に下げた駿太郎はしばらく答えなかった。

「父上は死んだのですね」

「そういうことだ」

駿太郎は父を殺した相手が小籐次とは言わなかった。だが、駿太郎の胸中を思うとき、複雑な考えが浮かんでいることは推測がついた。

「駿太郎、父上須藤平八郎どのの仇を討ちたいと思うたとき、いつでも斬りかかってこよ」

駿太郎が足を止めて小籐次を見た。そして、黙って顔を横に振った。

「お墓を造られるのですか」

歩み出した駿太郎が話題を変えるように言った。

「嫌か」

「父上にとって須藤平八郎様は敵でした」

「駿太郎、間違えてはならぬ。須藤どのとわしは尋常の勝負を為した剣術家同士であった。なんの恨みもない。それればかりか須藤どのは、わしとおりょうにそなたを授けてくれた恩義の人だ。その人の墓をこの赤目小籐次が建立して、差し障りがあるか」

駿太郎が顔を横に振った。

二人の視界の先に芝口橋が見えてきた。

二

小籐次の漕ぐ小舟で父子が湧水池の船着場に戻ってきたのは、六つ前（午後六時）のことだった。気配を感じ取ったクロスケが林の中の小道から飛んで出てきた。

「ちゃんと留守をしていたか」

小籐次が尋ねると、まだ船着場に着ける前にクロスケが小舟に飛び込んで駿太郎に甘えかかった。

　駿太郎は黙したまま、クロスケの頭を撫でていた。

　クロスケもなにか駿太郎の「異変」を感じ取ったのか。

　小籐次と駿太郎は、久慈屋に立ち寄り、駿太郎の実の父親が金杉橋近くの寺町に葬られていることを、久慈屋の主の昌右衛門と大番頭の観右衛門に奥座敷で報告した。

「なんと駿太郎様の父御須藤平八郎様は、同じ芝界隈に埋葬されておりましたか」

　昌右衛門が驚きの表情で呟いたものだ。

「考えれば赤穂藩森家の江戸藩邸もこの界隈、わしと須藤どのが戦った森家出入りの御用商人の屋敷も近いゆえ、亡骸を遠くへ運んでいくはずもない。そのことに気付くことなく十年を要したか」

　小籐次が後悔の言葉を吐いた。

「それは致し方なきことでございますよ、赤目様」

　観右衛門が言い、

「確かに金杉町には小さな寺が肩を寄せ合うように十軒ほどありましたな。清心寺なんて寺があることを私は知りませんでした」

「大番頭どの、増上寺界隈の寺と違って長屋の住人やら東海道で行き斃れた旅人を葬る寺でな、和尚と小坊主のたった二人の寺であったわ。ただ、日蓮宗池上本門寺の末寺ということは、われらが代参した身延山久遠寺と関わりがある寺、これもなにかの縁じゃな」

「いかにもさようです」

と昌右衛門が応じ、

「赤目様、その寺に須藤様の墓を建てられますか」

「縁があって須藤どのはこの十年眠っておるのだ。他所に移すより清心寺に願うのがよかろうと思う」

小籐次の言葉に二人が首肯し、駿太郎を見た。

駿太郎は久慈屋に上がっても無言のままだった。

昌右衛門らも駿太郎の気持ちを察して、声を掛けようとはしなかったが、茶菓を運んできたおやえが、なんとなく話を察していたか、

「赤目様のおっ母さんが身延山に埋葬されていたことを、赤目様の話でおりょう様、駿太郎さんが知ってわずか二月もしないうちにですよ、こんどは駿太郎さん

の親父様が日蓮宗の寺に葬られていたなんて、絶対にご縁があってのことです。なにかのさだめだと思いました。駿太郎さん、そう思いませんか」

と糺した。

「おやえさん、まだよく考えられません」

駿太郎が複雑な胸の内を明かした。

「そうよね、突然、そんなことが分ったら、私だってどう考えればよいか分らないわ。でも、こう考えられない。駿太郎さんの実の親父様は駿太郎さんが住んできた芝界隈から離れたくなかったと、近くから駿太郎さんが育っていく様子を見守ってきたと思えない」

おやえの言葉に駿太郎が頷き、

「でも、私の父上は赤目小籐次です」

とぽつんと言った。

「そんなこと当たり前よ。でもね、駿太郎さん、人それぞれがいろいろな事情があって生きていくの。なにも実の親子だからといって、生まれて死ぬまでいっしょに過ごす家族ばかりではないわ。駿太郎さんのお父つぁんは赤目様、おっ母さんはおりょう様に変わりがあるはずもないもの」

おやえが駿太郎に言い聞かせるように切々と諭した。

「はい」

駿太郎が答え、傍らに置いた脇差に眼をやった。

こんなふうに久慈屋で半刻余り時を過ごしたので、須崎村望外川荘に帰り着いたのが夕暮れの刻限になったのだ。

小籐次と駿太郎をおりょうは黙って迎えた。

駿太郎がおりょうを見て、

「母上、須藤平八郎様の脇差です」

と手に下げた刀を見せた。

「須藤様の墓所が突き止められたのね、それはよかったわ。駿太郎にとって大事なことが一つ分ったのよ」

おりょうの言葉に駿太郎が曖昧に頷いた。

「おまえ様、駿太郎、湯が沸いております。二人で入りなされ。その脇差、母が預かります」

と庭に立つ二人に言った。

駿太郎は一瞬逡巡した末に脇差をおりょうに手渡した。

おりょうは両手で受け取った脇差を望外川荘の仏間に運んで、仏壇の前に置き、合掌した。

「駿太郎、汗を流そうか」

父子は庭を回って湯殿に向かった。

裸になった二人が体を流し合い、湯船に身を入れたとき、おりょうが着替えを運んできた気配がした。

「おまえ様、本日望外川荘にお客様が見えられました」

「客じゃと。わしにか」

「はい。旧藩の江戸藩邸の近習《きんじゅ》池端恭之助様です」

「なに、池端どのが参られたとな」

小籐次は久留《くる》島通嘉《しまみちひろ》の傍に仕える池端の顔を思い浮かべた。

「して、用向きは」

「そなた様に直に話したい様子で口にはされませんでした。望外川荘の佇まいをご覧になって驚いておられました」

「豊後《ぶんご》森藩の久留島家にわしが奉公していた折は、下屋敷の厩番《うまやばん》じゃからな。この屋敷には驚いて当然だ」

「なかなか賢い近習どのとお見受け致しました」

「江戸藩邸育ちゆえ、世慣れておる。藩主の近くの御用を勤めるに打って付けの人物じゃ。それにしても急用ではなさそうだな」

「急用なれば言付けか文を残されましょう。縁側に座って四半刻ほど私と談笑して立ち去られました。近々また来訪なさるそうです」

おりょうの報告に小籐次は、厄介ごとでなければよいがと思った。

「駿太郎、よい一日でしたか」

おりょうの言葉に駿太郎の返事はしばし間があって、

「はい」

と答えた。

「父上須藤平八郎様の墓所が分ったのですね」

はい、と短く応える駿太郎に代わり、小籐次が古田寿三郎の案内で芝金杉町の寺町に須藤が葬られたことが判明し、住職が読経してくれ、駿太郎が実父の卒塔婆に手を合わせたことを説明した。

「おりょう、清心寺は日蓮宗池上本門寺の末寺であったわ」

おや、まあ、とおりょうが驚きの言葉を発し、念を押すように言った。

「須藤様は、十年前の卒塔婆の下にお眠りでございましたか」

「おりょう、墓を建てようと思うがどうか」

「よきお考えです」

と即答したおりょうが駿太郎を見た。

「母上と父上の考えに従います」

「駿太郎はお墓を建てることが嫌なの」

「母上、そうではありません」

駿太郎が答えたが、次に続く言葉が見つからないようで黙り込んだ。

「おりょう、駿太郎にとって須藤平八郎どのの墓所をどう考えてよいか、気持ちが定まらないのであろう」

小籐次の言葉におりょうが頷き、

「おまえ様、駿太郎の気持ちが固まるのを待ちますか」

「それも一つの手ではあるが」

「なんぞお考えがございますので」

小籐次は、卒塔婆の周りに凌霄花が咲きかけていたことを告げた。

「おや、のうぜんかずらが咲いている墓所ですか。いつぞや、おまえ様と鎌倉に参った折も、のうぜんかずらが咲いておりましたな」

おりょうは凌霄花をのうぜんかずらと表した。

「忘れておった」

と答えた小籐次が言い出した。

「墓石だがな、墓石屋の職人に頼めばきれいに造ってくれよう。だがな、うちの船着場から林に抜ける小道に頃合いの自然石がいくつも転がっていよう。あの一つをな、わしと駿太郎で墓石に仕立てて、須藤平八郎どのの墓石にするのはどうだ」

おりょうと駿太郎が小籐次を見た。だが、しばらく言葉を発しなかった。おりょうにとっても駿太郎にとっても思いがけない提案であったのか。

「わが亭主どの赤目小籐次は、歌人にございます」

「おりょう、わしは三十一文字《みそひともじ》など詠めぬぞ」

「いえ、詠めぬとも酔いどれ様の生き方が歌にございます。のうぜんかずらの下におく墓石を実の子と育ての親が造りあげるなどだれも考えはしますまい。駿太郎、どう思います」

駿太郎の顔が最前と変わっていた。明るい表情に変わり、

「父上の墓を私たちが造るのですか」

　と尋ね返した。

「下手でもよい。心を込めて彫れば須藤平八郎どのも喜んでくれるのではないかな」

「父上、手伝います」

　駿太郎がはっきりとした声音で応えた。

「手伝うのではない。おまえが長になってわしが手伝うのだ。とはいえ、どこぞの石屋で見倣うことが先決かのう」

「はい」

「この界隈の石屋を探してみようか」

　風呂場の中で話が纏まった。


　夕餉の場でお梅におりょうがこの界隈に墓を造る石屋はないかと聞くと、

「源森川の向こう、中之郷瓦町に墓石屋が何軒か集まってあります。天祥寺の前です」

　と小梅村生まれのお梅が即答した。

「ならば明日にも弟子入りができるかどうか聞いてみるとするか」

小籐次の言葉にお梅がびっくりして、

「研ぎ屋を止めて墓石屋になるのですか、旦那様」

と尋ねた。

「そうではないの」

おりょうが経緯をお梅に説明した。するとお梅が、

「なんだ、そういうことですか。驚いた」

と応じて、

「うちのお父つぁん、瓦焼き職人なんです。きっと親しい墓石屋も承知だと思います。お父つぁんに聞かせましょうか」

と言い出した。

「それが宜しいかと思います、おまえ様」

「そうじゃな、親父様に聞いてくれぬか。いや、その前に明日、墓石を決めるのが先じゃな」

と小籐次が言い、この宵は酒も飲まずに夕餉を食した。

翌朝、小籐次は駿太郎に剣術の稽古をつけたあと、不酔庵から船着場へと辿る林の中に転がる石を見て回った。

望外川荘の石垣を作った折に余った石を林に点在させたものらしい。

小籐次には石の種類は分らなかった。

「駿太郎、大きな石は運んでいくのが大変じゃぞ。だいいちあの狭い寺の墓地に運び込める石は、せいぜいこの程度の大きさかのう」

小籐次は幅二尺高さ一尺五寸余りの山型の石を指した。なにに使おうとした残りか、自然石ながら表面はすべすべしているところもあった。

「おまえ様、墓石は見つかりましたか」

とおりょうが姿を見せた。

「これなどどうだ」

「この石など加工をせずともそのまま墓石になりませぬか」

「墓石には某家の墓などと彫り込んでないか」

「おまえ様、墓石は墓守りする人の気持ち次第、駿太郎の名を後ろに小さく彫り込めば格別に須藤家の墓と分るような文字を刻むこともございますまい」

とおりょうが小籐次に言った。

「それもそうじゃな」

おりょうが林の中を見ながら、

「のうぜんかずらの橙赤色に似あう石は、一つでは足りませぬ。おまえ様の選んだこの石の右斜め前にこちらの小岩を配し、周りに白砂利を敷き詰めるのはいかがですか」

「おお、それは墓所らしくのうてよいな」

と小籐次も賛意を示したが、となると墓所は二坪では足らず、二尺四方四坪は求めねばなるまいなと考えながら、

「駿太郎、どうだ」

と尋ねた。

「父上、母上、私には墓石も庭石も区別がつきません」

「そなたの父上の墓じゃがな、厳めしい墓らしゅうではのうて、あの凌霄花と相性のよさそうな場を設けようと思う。考えてもみよ、十年余も放っておかれたあとだぞ、そなたが訪ねて楽しげな墓がよいではないか」

「それはそうです」

と応えた駿太郎が、

「なにも刻まなくてよろしいのですね」

「そうじゃな、後ろに駿太郎の名はあったほうがよいかのう」

「私の父なれば、私の名がなくても駿太郎が訪ねてきたと分るのではないですか」

「そういう考えもある。だがな、須藤平八郎どのがわしに言い残されたのはそなたの名だけ、他に残されたものは昨日寺の住職から貰いうけた脇差だけだ。せめてそなたの名があったほうがよいように思う」

小籐次はおりょうを見た。

おりょうは山型の石の背後に回り、指で駿太郎の文字を宙になぞるようにしていたが、

「おまえ様、駿太郎の名はあったほうがよろしいかと思います」

「ならば駿太郎が鑿《のみ》を使って彫ることになるが、駿の字はなかなか難しいぞ」

「父上、石に私の名を刻むのならば赤目駿太郎でお願いします」

と駿太郎は決然と言い切った。

この日、お梅が父親五郎蔵の奉公先の瓦屋を駿太郎といっしょに訪ねて、墓石

屋を紹介してほしいと願った。

「お梅、赤目様はこの界隈に墓を造られるのか」

「違うの。駿太郎様の亡くなられたお父つぁんの墓を造るのよ。赤目様が言われるには、実の子の駿太郎様が赤目駿太郎と刻み込まれたら、亡くなったお父つぁんが喜ぶと思いつかれたの。下手でもいいの、気持ちが籠っていれば」

「ふーん、そんなわけか」

五郎蔵が瓦屋の主と相談して、中之郷瓦町の墓石屋御影屋岩次郎方を訪ね、事情を告げると、主の五代目岩次郎が、

「なにっ、赤目様のお子にしては親子以上に歳が離れているなと思っていたが、赤目様は育ての親か。ふーん、どんな石か知らぬが、素人が石に名を刻むとなると、なかなか大変ですぜ。少なくとも一月二月は、鑿の扱いを覚えるのにかかる。それに赤目様が考えている石に鑿が合うかどうか見極めねばなるまいな。どうです、五郎蔵さん、わっしが望外川荘を訪ねて、墓石にしたいという自然石を見るというのは」

と言い出した。

「親方、忙しい身でいいのか」

「五郎蔵さんよ、墓石屋なんて忙しいのは彼岸前だ。夏に墓石の註文があるものか、おりゃ、一度酔いどれ小籐次様とおりょう様にお目に掛かりたいと思っていたんだ」

というわけで五代目御影屋岩次郎が駿太郎、お梅と、なぜかお梅の父親の五郎蔵まで従って望外川荘にやってきた。

「父上、墓石屋の主が父上の選んだ石に鑿が通るかどうか見たいそうです」

「相済まぬな。金にもならぬことを頼んで」

縁側に研ぎ場を設けて仕事を始めていた小籐次が恐縮した。

「赤目様から一文だってお金を頂戴しようなんて考えてはいませんや。だってよ、六百両も集まったお賽銭をあっさりと公儀の御救小屋に寄進した酔いどれ様から銭をとったとなったら、職人仲間からそうすかんを喰うからよ」

と答えた岩次郎に石を見てもらうことにした。

「ああ、この石で枯山水のような墓を造る、面白うございますよ。よし、わっしが駿太郎様に鑿の使い方を伝授します。まあ、一月、うちに通いなされ」

と岩次郎が請け合い、駿太郎の墓石造りの修業が始まった。

三

翌日、朝稽古のあと、駿太郎は御影屋岩次郎方に出向き、岩次郎から鑿など道具の種類、使い方を教えられた。そのあと、

「まず親父様の墓石に使おうというあの石ですがな、そう硬い石ではございません。だからといって刻むのが易しいというわけではない。道具の選び方、使い方を間違えると石をだめにする。最初が肝心でしてね、道具を手に馴染ませてくださいい」

岩次郎は駿太郎に優しく言った。

「しっかりと修業します。間違えましたら厳しく注意してください」

「駿太郎さん、お武家の子どもだね、ちゃんとした話し方を承知しておられる。この界隈の十一歳は洟《はな》を垂らして親を親とも思わない餓鬼ばかりだ」

岩次郎が嘆いた。

「親方、お願いがございます。私は弟子です。さんは要りません」

「ほう、さすがに御鑓拝借の赤目小籐次様の倅さんですな。しかしながら幼いと

はいえお武家の倅を呼び捨てですかえ」

「他のお弟子は敬称をつけて呼ばれますか」

「そりゃ、呼ばないな」

「ならば私にもそうして下さい」

「そうかえ、さんなしの駿太郎ね」

　と言いながら、

「余計なことだが親父様はどうして亡くなられたな」

　と尋ねた。駿太郎が迷っていると、

「いえね、嫌なことならば答えなくていいんですぜ。ただおまえさんに墓石屋で修業させてまで自ら墓石を造らせようという赤目様の考えにね、関心を持ったのさ」

「親方、話します」

　父の須藤平八郎は、生まれたばかりの駿太郎を養うために赤目小籐次を討つ刺客としてある人物に金子で雇われたことから、赤目小籐次を見て剣術家として尋常の勝負を乞うた末に敗北したこと、そして、勝負を前に「もし負けた場合は赤目小籐次にわが子を育ててほしい」と願っていたことなど、すべてを親方に話した。

「なんと駿太郎の親父様は赤目小籐次様と戦って死になすったのかえ」

「はい。父上の赤目小籐次は、そなたの父とは尋常な剣客同士の勝負の末に勝ち残ったのだ。須藤平八郎どのは立派な剣術家であったと、父がいたことを私が知ったあと、よく言われます」

「そうか、そんな経緯があったか。で、ようやく駿太郎の実の親父様の葬られた寺を突き止めたというわけだな」

「私に実の父親がいることを、そして斃した相手が赤目小籐次だということを告げ口したのは母上の門弟の一人でした。私はそれまで赤目小籐次が実の父親と思うておりました」

「余計なことしやがって」

と吐き捨てた岩次郎親方が、

「事情は分った。こいつはな、真剣に取り組まねえと赤目小籐次様とおりょう様の気持ちに応えられないぜ、駿太郎」

「はい」

「よし、ただ今から赤目駿太郎ではない。おめえはおれの弟子の石工見習いだ。

そのつもりでいろよ。剣術修行も大変だが、石工職人になるのもなかなか険しいぜ」

「覚悟しております」

駿太郎の言葉に親方の顔付きが厳しさを増した。


その頃、小籐次は望外川荘の納屋の一角に研ぎ場を設えて仕事を始めていた。いつもは庭を見渡す縁側でやるのだが、本日はおりょうが主宰する芽柳《めやなぎ》派の歌会のある日で、小籐次が研ぎ場を移したのだ。

おりょうはそのことを気にして、

「望外川荘はおまえ様の家です。主人の仕事を納屋でやらせるわけにはいきません」

と言ったが、

「研ぎ場は裏長屋の厠の傍に設えることもある。どんな場所でも研ぎ上げるのが研ぎ職人だ。納屋の土間に筵を敷いてやるのもまた一興、駿太郎が石工見習いを始めた日、わしもそのことを思いながらこちらで刃物を研ぐ」

と下男の百助《ももすけ》が住む納屋の土間を借り受けて仕事を始めた。

一昨日、久慈屋から頼まれた刃物が一日分ほどあった。

研ぎ桶の前で砥石に向えば無心に研ぐ作業に専念できた。いつしか九つの時鐘が鳴り響き、お梅が、

「旦那様、昼餉はどうなされます」

「にぎり飯にしてくれぬか。二つもあれば十分だ。今日中に研ぎ上げて久慈屋に届けたいでな」

小籐次の言葉にお梅が頷き、小籐次は作業に戻った。次に気付いたときには、傍らの筵の上にお盆があって、にぎり飯と香の物と茶が置かれていた。

それを見た小籐次は喉の渇きを覚えて茶碗に手を伸ばした。少し冷めた茶がなんとも喉に気持ちよかった。

にぎり飯には梅干しと佃煮が入っていた。

「これは美味い」

小籐次は独りごとを言いながらにぎり飯を食し、久慈屋昌右衛門から聞いた話を思い出していた。須藤平八郎の話を終えたあとのことだ。

「赤目様、多忙の身は分りますが十日後の夕暮れの刻限、おりょう様としばし時を貸して下され」

と言い出した。

「おりょうと二人な、何事かな」

「お忘れですか。南北両奉行様とお会いする話ですよ」

「おお、あったな、そんな話」

「南北のお奉行様をうちに招くというわけにも行きますまい。あれこれ考えた末に赤目小籐次様が売り出すきっかけになった柳橋の万八楼《まんはちろう》に座敷を取りました。十日後の夕刻六つにおりょう様とお出で下され」

「昌右衛門どの、あれこれと気を遣わせて済まぬことだ。やはりおりょうも同席したほうがよいかのう」

「南町奉行の筒井様も北町奉行の榊原様もおりょう様にぜひお目に掛かりたいとのご指名でございましてな、赤目様、おりょう様が嫌がられますかな」

昌右衛門が案じ顔をした。

「いや、そうは思うまいが、おりょうに尋ねてから確かな返事を致す」

と小籐次は答えてきたのだ。

春に身延山久遠寺に旅した分、あれこれと用事が重なって押し寄せていた。

いつの間にかにぎり飯を食い終わっていた。手を洗った小籐次は再び研ぎ場に座り、残りの道具の手入れを始めた。

「こちらにおられます」

とお梅の声がして二人の武士を恐縮そうな顔で伴ってきた。

その気配に顔を上げると、若い森藩藩士の二人が立っていた。こちらもお梅以上に恐縮の体だ。

森藩江戸藩邸勤番の徒士組《かちぐみ》七石二人扶持創玄《そうげん》一郎太と同職の田淵代五郎《よごろう》であった。

「おお、やっぱり赤目様は研ぎ仕事で身を立てておられるぞ」

「研ぎ代の稼ぎで御救小屋の費《つい》え六百両が寄進できるのか」

「あれは賽銭じゃそうな」

「賽銭が上がれば研ぎ仕事などしなくてもよさそうな」

創玄と田淵が小籐次を見下ろしながら勝手に言い合った。

「おぬしら、年寄り爺をからかいに来たのか」

「おお、これは失礼を致しました。創玄一郎太、さような非礼を考えたわけではありません」

「では、なにしに参った」

小籐次は藩主の近習池端恭之助に続いて森藩の藩士が訪ねてきたことを訝しく考えていた。だが、池端とこの二人の用事がいっしょだとは到底思えなかった。というのも身分差があったからだ。

二人が納屋の外に片膝を突いた。

「創玄一郎太、田淵代五郎、願いの筋がございまして参上致しました」

「参上は分っておる。用件を申せ」

「そ、それが」

と創玄が言い淀んだ。

小籐次が田淵に視線を向けると田淵ももじもじとした。

「言い出せぬ用事か、出直してこい」

「いえ、申します」

と田淵が言い、

「赤目小籐次様、弟子にして下され」

と創玄が叫ぶような大声で言い、二人して頭を下げた。

しばし小籐次は頭を下げたままの二人を見た。冗談とも思えない真剣な態度であった。

「そなたらは森藩江戸藩邸勤番の士である。藩には剣術指南がおられよう」

およそ一年前のことだ。

森藩江戸藩邸に藩主の久留島通嘉に呼ばれた小籐次は、通嘉の命で剣術指南、鹿嶋夢想流の皆伝者猪熊大五郎と木刀試合を行い、一撃で気絶させていた。

「剣術指南の猪熊どのはどうしておる」

「半年ばかり赤目様から突かれた鳩尾の治療に専念しておられましたが、半年前から藩邸の剣術指南として復帰され、われらの指導をなさっておられます」

創玄一郎太が言った。創玄の歳は確か二十四であったはずだ。

「剣術指南の悪口を言いたいわけではございませんが、指導と称してわれら若手をただ殴りつけたり、足蹴にしたりしておられます。あれは剣術の指導ではございません」

「その乱暴の原因は」

田淵代五郎が指で小籐次を指した。

「なに、わしが関わりあるのか」

「一年前の敗北に猪熊様は怒り心頭でございまして、あの折は油断した。この次は、赤目小籐次を叩き殺すと、いいえ、私が申したのではありません、猪熊様の言葉です。ともかく道場でしばしば広言され、藩士らに嫌がられております」

ふーん、と返事をしながら、近習の池端恭之助の用件もこのあたりかと小籐次は推測した。

「わしは森藩下屋敷の厩番だった男だぞ。それも酒の上で失態をなし、藩を辞めさせられた男だ。ただ今はそなたらが見ておるように研ぎ仕事で飯を食っておる。そんな爺が剣術指南などできるものか」

「いえ、ただ今の赤目様はただの研ぎ屋などではございません。御鑓拝借に始まる数々の武勲を立てられ、江都一の武名高き剣術家にございます」

「もはや旧藩とは関わりがない」

「いえ、殿様が一番信頼しておられるのは酔いどれ小籐次様にございます」

と創玄一郎太が言うと、うんうんと田淵代五郎が賛意を示した。

「困ったのう」

「なにがお困りでございますか」

「そなたらがわしの研ぎ仕事を邪魔しておることだ」

「赤目様がうんと申されれば直ぐに立ち去ります」

「望外川荘には道場などないぞ」

「一子の駿太郎様に毎朝稽古をつけておられます」

田淵代五郎が反論した。

「なに、そなたら、駿太郎につけておる朝稽古を承知か」

はい、と二人が同時に返事をした。どうやら二人して須崎村の望外川荘に密かに見物に来た様子があった。

「われら、殿の登城に加われる身分ではございません。ゆえにいつなりとも、朝稽古でも来ることができます」

創玄一郎太が言い切った。

小籐次は思い出していた。

この二人は藩主の通嘉が国許から身分の上下に拘わらず志のあるものを選んで連れてきた内の二人だった。打ち合い稽古でもこの二人が勝ち残ったことを思い出していた。

「勤番の侍が江戸の町道場に入門し、剣術修行に励むことは珍しいことではあるまい。だが、わしは道場主でもなければ、ただの研ぎ屋、爺だ」

「そのお方が江戸を騒がす酔いどれ小籐次様とはだれもが承知のことです」

「そなたら、朝、芝から通ってこられるか」

「われらにあるのは時間だけでございます。国許にあるときは山歩きをしておりましたゆえ、足腰は強うございます」

創玄一郎太に言われて、小籐次も考え込んだ。

「よし、一つ条件がある」

「束脩《そくしゅう》も月々の稽古料もあまり支払うことはできません」

と田淵が小籐次をみた。

「そなたらから束脩を取る気はない」

「まさか猪熊様の許しを取れとはもうされますまいな」

創玄が恐れた顔をして小籐次の顔を窺った。

「剣術指南の猪熊様は赤目様に異常なる憎しみを感じておられます。ひょっとしたら赤目様が油断をなさっておられる折に突然襲いかかるやもしれませぬ」

「小なりといえども森藩は一万二千五百石の大名じゃ。その藩士が夜盗のような真似はすまい」

小籐次は顔を横に振り、

「そなたらの身分では通嘉様にお目にかかれまい」

と糺した。

「参勤交代の折も遠くからちらりとお見かけしただけです」

田淵代五郎が答えた。

「近習の池端恭之助どのに事の次第を話してみよ、池端どのならば通嘉様に意が伝わろう。その上でお許しが出れば許す」

小籐次の言葉に、ははあー、と二人が平伏した。


仕事が中断されたために久慈屋の道具の手入れが残った。

おりょうの芽柳派の集いも終わったらしく、片付ける音や人が去る気配が納屋まで伝わってきた。

「おまえ様の仕事場をお借り致しました」

「それはよいが、駿太郎は未だか」

「はい、未だ戻って参りません」

とおりょうが答えたところに、

「父上、母上、どちらにおられます」

駿太郎の声が響いた。そして、納屋に姿を見せた。その手には鑿や金槌が持たれていた。

「どうであった石工の見習いは」

「父上、見て下さい」

と手を差し出した。鑿を持つ手に何か所か傷があって血が滲んでいた。

「大変です、おまえ様」

「母上、一人前の石工になるにはこのような怪我を重ねて道具の扱いを身につけるのです。こんな傷、なんでもありません」

「親方はなんというた」

「さすがに天下の赤目小籐次の子だ、覚えがよいと褒められました。なんでも簡単に技を身につけることはできませんね」

「その手では刀の研ぎを学ぶのは無理だな。まず駿太郎が石工修業をして、自分の名を石裏に刻んだあとに刀の研ぎの修業は始めようか」

「二ついっしょにできませんか」

「一つ一つ丁寧に確かなものにしていくことが大事じゃ。朝は剣術の稽古、そのあと、御影屋に通い、親方の指導を受けよ」

小籐次の言葉に駿太郎が頷き、言った。

「父上、久慈屋の道具が仕上がっているのならば届けましょうか」

「それがのう、来客があったで手入れが中断して本日には終わらなかった。今晩徹夜して仕上げる」

「御影屋に行く前に私が届けます」

駿太郎が請け合った。

「ひょっとしたら、近々弟子が二人増えるかもしれぬ」

小籐次は駿太郎とおりょうに二人の来訪者の用件を告げた。

「父上、弟子仲間が増えるのですか」

「創玄一郎太も田淵代五郎も素直な剣風でな、今どきの若者には見られぬ技量の持ち主だ。駿太郎にとっても刺激になろう」

「楽しみです」

駿太郎は弟子が増える話を喜んだ。

「おまえ様、旧藩とはいえ藩士を教えて差し支えございませんか」

「二人には一昨日訪れた池端に面会し、殿にお許しを得るように伝えてある。許しがなければこれまでどおり駿太郎とわしだけの稽古だ」

駿太郎が頷き、おりょうが、

「おまえ様にお願いがございます」

と言い出した。

「のうぜんかずらの咲く時期は夏の盛りです。須藤様の眠っておられる芝金杉町の寺に私を連れていってはくれませんか」

とおりょうが願った。

「ならばこうせぬか、今宵、わしは残った研ぎを終える。明朝、駿太郎と朝稽古のあと、駿太郎は御影屋の岩次郎親方の下に参れ。わしとおりょうは、小舟で久慈屋に道具を届けながら清心寺を訪ねようではないか」

家族三人で明日の予定が決まった。

四

翌日の昼前、清心寺の荒れた墓地を小籐次とおりょうはせっせと掃除した。

おりょうは、時折掃除の手を休めて陽射しの下に咲き始めたのうぜんかずらを愛し気に見た。

小籐次は何となく気がかりがあった。

のうぜんかずらの咲き始めた真下に一間四方余に縄が張ってあった。三日前にはなかったものだ。だれかがのうぜんかずらの下の土地を買ったのか。

おりょうも気にしていたが、口にはしなかった。

「須藤平八郎様は、駿太郎が訪れることを待ち望んでおられたのでしょうね」

「十年も待たせてしまった」

「おまえ様、須藤様には悪いことをしましたが、致し方のないことでした」

ああ、と小籐次が返事をした。

「破れ寺の狭い墓地に咲くのうぜんかずらを見ると、須藤様が私たちの来訪を喜んで迎えられているような気がします」

「そうであればよいがのう」

「きっと喜んでおられます」

二人の胸の中には、駿太郎の産みの母、小出お英がこの墓地にいっしょに埋葬できればという想いが去来した。

だが、須藤家と小出家の身分違いと小出家の野心が引き起こした悲劇だった。まず無理な話だろうと思い、二人はそのことを口にすることはなかった。

掃除を終えたころ、小坊主が小籐次とおりょうを呼びにきた。

庫裡に行くと住職の高村宋瑛が茶を淹れて待っていた。

「赤目様、たびたびご苦労ですな、仕事は大丈夫なんでございますか」

「過日の深川の騒ぎが尾をひいてな、芝口橋の久慈屋に研ぎ場は設けられぬわ。まるで珍獣を見るように大勢の人が集まってくるでな。しばらく須崎村で研ぎ仕事をしようと思う」

「赤目様の行くところ、騒ぎが絶えませぬな」

「わしが望んだことではないぞ」

「江戸の人々が酔いどれ様の活躍を楽しみにしておるのです。なにより赤目小籐次様の刃傷は人助けのためです。江戸の悪人ばらをせいぜい大掃除なされ」

宋瑛が唆《けしか》けるように言った。

小籐次は茶を喫して、なかなかよい茶だと気づいた。前回の茶とはまるで香りも風味も違った。

小籐次は先日渡した二両で茶を購ったと思った。

「御坊、なかなかの茶じゃな」

「酔いどれ様は茶の味も分るか」

「渋茶と上等な茶の違いくらい分る」

ふっふっふふ

と宋瑛が笑った。

「酔いどれ小籐次がわが寺に運を運んできたわ」

「なんぞあったか」

「今朝早く墓所を購いに訪れた者がおる。この二、三十年うちにわが貧乏寺に墓を設けようなんて酔狂者はおらぬのにな」

「これ、あののうぜんかずらの下の墓所をたれぞに売ったのか」

「売った」

と宋瑛和尚が平然と答えた。

「そ、そなた、わしが須藤平八郎どのの供養料として、二両を渡したのを忘れたか」

小籐次が慌てて糺した。

「二両は読経料、墓の土地代ではないわ」

「それはそうだが、墓を建てるとわしが言うたではないか」

「売り買いは先に金子を差し出した者に渡すのが習わしだ」

「そなた、坊主であろうが」

「坊主とて生きていかねばならぬ。このところ美味い酒にありついた。今晩もまた旨酒にありつける」

小籐次は胸の中で、

「くそ坊主め」

と罵《ののし》った。

「なにしろのうぜんかずらの花の下の土地を買い占めたのだ。およそ一間四方もな、墓の一坪とは違うぞ。六尺の奥行に七尺の幅の土地だ」

「信義に反せぬか」

小籐次の詰《なじ》りの言葉に宋瑛は平然と茶を喫した。

「いくらで売った」

「それは言えぬな。まあ、然るべき値であったと答えておこう」

小籐次は怒りで日に焼けた顔が真っ赤になるほど憤慨した。

「おりょう、人情しらずの坊主じゃったぞ。このようにひどいやつとは気づかなかった」

ううーん、と小籐次は唸った。

駿太郎にどう説明すればよいか、小籐次の頭の中が混乱した。

（どうしたものか）

小籐次がおりょうを見ると、平然とした顔で茶を喫していた。

「おまえ様、御坊がどなたにお売りになったか、お尋ねになられてはいかがですか」

「もはや売られた土地の持ち主を知ってどうなる。その者から買い戻そうというのか。必要で墓を買った者がわれらに譲るとなると、高い値を吹っ掛けぬか」

「天下の赤目小籐次にそれはございますまい」

宋瑛は夫婦の会話を楽しむように聞いていた。

「ううーん、腹が立つわ。宋瑛和尚、だれにいくらで売ったのだ」

「然るべき人に然るべき値で売ったと最前答えなかったか」

「おりょう、須崎村に戻るぞ。これほど不人情な坊主とは思わなんだ」

小籐次が立ち上がりかけるのをおりょうが引き留めた。

「和尚、私が買主を当ててみましょうか」

「おや、おりょう様に推測がつきますか」

「芝口橋北詰めの紙問屋久慈屋さんではございませぬか」

「ふっふっふふ、赤目小籐次より女房どのが知恵者じゃな」

「な、なに、久慈屋が買ったと」

小籐次は思いがけない展開に言葉を失い、腰をどすんと下ろした。

「わずか三日のことです。おまえ様がこの墓の一件を話されたのは久慈屋様だけでございましょう」

「そ、そうか、主の昌右衛門様が動かれたか。ううーん」

小籐次は唸った。

「わしのところはご存知のように貧乏寺じゃ。普段使う紙にも困っておってな、紙屋にツケがだいぶたまっておる」

「久慈屋に借財があるのか」

「酔いどれ様、久慈屋は紙問屋、大口の客や大身旗本、大名家しか相手にせぬわ。わしは神明町の小さな紙屋から頭を下げて買い求めるのだ。そのツケの借用書をな、大番頭さんが愚僧に見せて目の前で破られ、なにがしか金子を膝の前に置かれた。その誘惑にはだれも勝てぬ。というわけで、あののうぜんかずらの周りの土地は久慈屋さんのものだ」

「冷や汗を掻かされたわ」

小籐次の怒りが吹き飛んだ。

「そうか、このことを話したのは久慈屋の旦那と大番頭さんであったな。そこでこの破れ寺の坊主がよからぬことを考えぬうちに手を打たれたか」

「酔いどれ様、破れ寺の坊主はなかろうが」

「おお、いかにもさようであったな。激昂して相済まぬことをした」

小籐次は宋瑛和尚に深々と頭を下げた。

「天下の酔いどれ小籐次に頭を下げさせるのも悪くないな、気持ちがよいわ」

宋瑛が高笑いした。


小籐次とおりょうは新堀川に停めた小舟を芝口橋の久慈屋に回した。すると、

「おーい、たった今、須崎村から戻ってきたところだ。まさか二人で芝にきておるなど考えもしなかった。無駄足であった」

と河岸道から読売屋の空蔵が叫び、

「二人してどこへ行っておった」

と船着場に下りてきた。

「内緒じゃ。なんでも読売に書かれてはいよいよ研ぎ仕事もまともに出来ぬ」

「うむ、こりゃ、なんぞネタになりそうな話だな。久慈屋の大番頭さんに尋ねても、『わたしどもは赤目様のご夫婦を一日中見張っておるわけではございません』

というてな、すげない返事だ」

「そのとおりだな。で、そなた、なんの用事だ。もはや深川の騒ぎをぼやかれてもわしはなんとも答えようがないぞ」

「近々、南北町奉行の筒井様と榊原様と会うという話じゃねえか。一体いつどこで会うんだよ」

「先方に聞いてくれ。われらは招かれただけだ」

「われらっておりょう様もか」

「あれこれ詮索すると須崎村に戻るぞ。それでなくとも研ぎ屋商いが上がったりでわしの機嫌は決してよくないでな」

ちえっ、と空蔵が舌打ちした。

「新兵衛長屋にも最近顔を見せないってな」

「勝五郎さんがいうておったか」

ああ、と答えた空蔵が、

「お夕ちゃんもしっかりと桂三郎さんの下で頑張っているぜ。偶には励ましにいかないのか」

「顔出しすると張り詰めた夕の気持ちが萎えてしまおう。ここはお互い我慢の時だ。それより新兵衛さんは元気にしておるか」

「いよいよ独り遊びに夢中でな、おれのことを覚えているのか覚えていないのか、『おい、ほら蔵、近ごろ景気はどうだ』なんてよ、高みから口を利いてきやがる」

「新兵衛さんは半ば神様仏様だ、我慢せよ。それより、そなた、何の用事だ」

「おお、それだ。おりょう様、版元蔦重から黄表紙が売られ始めたんだよ」

「いかがですか、空蔵さんの黄表紙の売れ行きは」

えっへっへへ、と笑った空蔵が、

「出だし上々だと」

「それはようございました」

「版元の番頭がいうにはこの黄表紙の売りは、おりょう様の旅日記と赤目小籐次の母恋旅だと言いやがってさ、おれの筆なんぞなんのお褒めの言葉もないや」

「いえ、空蔵さんの名の黄表紙です。そなたの力で出来上がった黄表紙、すべての功績はそなたのものです」

「それがな」

と空蔵の顔が曇った。

「黄表紙の表紙にはよ、赤目小籐次とおりょう様の名がでかでかと載って、おれの名なんぞ端っこに豆粒だ。番頭はよ、『おまえさんの名でだれが黄表紙を買うかよ。酔いどれ様とおりょう様の名があるから客の目を惹くんだ』と、抜かしやがった」

「空蔵さん、なんにしても評判がよろしいならばそれでよいではございませんか」

とおりょうが空蔵を慰めた。

「それで、二人してどこに行っておったのだ」

空蔵がまた話を蒸し返した。

「おりょうが懐妊したでな、芝神明社にお礼参りに行ったところだ」

「おおー！」

と空蔵が叫び、ちょうどどこかに荷を届けたか、手代の国三までもが三人を見た。

「こりゃ、てえへんなネタだぜ。それにしても来年に子が生まれるのはいいや。その子が二十歳になったとき、酔いどれ様はいくつだ」

「もし生きておれば七十の半ばを超えていような。大変めでたい話だな」

「大変めでたい話だなんて呑気に言っている場合か」

空蔵がおりょうに視線を移した。

「空蔵さん、わが亭主どのにからかわれておられるのがお分りになりませんか。私どもには駿太郎がおります。それ以上は無理ですよ」

「えっ、嘘か。一瞬、ネタをもらったと思ったがな」

空蔵が愕然として船着場から河岸道に上がっていった。

「赤目様、私も驚きました」

「空蔵がわれらに付きまとうでな、つい悪戯心《いたずらごころ》を起こしたのだ」

小籐次が国三に応じた。

「空蔵さん、深川の一件で商売敵の山猿の三吉さんに出し抜かれて元気がないんです。あまりからかうのも可哀想です」

国三が諭すように言った。

「ところがな、黄表紙が売れておるそうだ。読売から黄表紙の戯作者に鞍替えするかもしれぬぞ」

「それは知らなかった。もし売れているとしたら、酔いどれ様とおりょう様の力ですよ」

国三が答えて船から船着場に上がった。

小篠次はおりょうを伴って河岸道に上がり、久慈屋を訪ねた。

「またまた芝にお出でですか」

「おりょうが清心寺ののうぜんかずらを見たいというものでな」

「おや、清心寺を訪ねられましたか」

「高村宋瑛和尚に話を聞かされて驚きましたぞ。そこで事情を尋ねにきたのだ」

「そのことですか。あれは旦那様の発案でございましてな。まず奥へお通り下さいな」

二人は三和土廊下を通って久慈屋の内玄関から奥座敷に入った。すると昌右衛門が異国渡りの眼鏡をかけて帳面を調べていた。

「旦那様、赤目様とおりょう様に清心寺の墓地のことが知られました」

と観右衛門が知らせた。

「余計なことをしましたかな。先日、赤目様から話を聞いて赤目様は必ずお墓をお建てになる。ならばと早めに手を打ちました」

と昌右衛門が言い、

「清心寺は貧乏寺と聞いて、和尚がよからぬことを考えてもいかぬと思いましてな、旦那様に願ってあの墓所を押さえさせました」

「全くもって済まぬことです。われらが求めようとしたのは、一尺に二尺の墓二坪、それが一間四方以上もありそうな土地でなんとも立派な墓ができそうです」

「貧乏寺の墓です、大したお金ではございませんよ。それより駿太郎さんは父親の墓造りを得心なされましたか」

小籐次は、駿太郎が昨日から中之郷瓦町の墓石屋に弟子入りして石に、

「赤目駿太郎」

と自ら刻むように修業を始めたことを告げた。

「おやおや、そちらもまた早手回しでございますな」

「昌右衛門どの、大番頭どの、墓の敷地が大きくなりました。望外川荘の林にあった自然石を使い、枯山水のようなお墓をと思いましたが、もう一度墓の意匠を考え直します」

「おや、枯山水ですか。のうぜんかずらと似合いましょうかな」

「昌右衛門様、わが亭主どのの話を聞いた当初はいささか奇抜かな、と思いましたがあののうぜんかずらを見て、墓らしくない墓が出来上がると考えを変えました」

「歌人の北村里桜様がそう申されるのならば、きっとよい墓になりましょう。そ

れにしても実の子が墓石屋に弟子入りして父親の名を刻むなど、私どもには考えもつきませんな」

「いえ、自然石ゆえ表はそのままに裏に駿太郎の名を刻むだけと考えております」

小籐次の言葉に、

「それではだれの墓か分りませんな」

「須藤平八郎の墓とわれらだけが分ればよいこと、それでは物足りませぬかな」

と小籐次が久慈屋の主従に尋ね返した。

「おまえ様、墓所が広くなった分、もう一度墓石の意匠も考え直したほうがよいかと存じます。いえ、墓石の裏に駿太郎が自分の名を刻むのは変わりございません。ですが、表になにかあってもよいような気がしました」

おりょうの言葉に小籐次が考え込み、

「それこそ里桜様の詠まれた三十一文字を刻むのはどうでございましょうな」

と観右衛門が言い出した。

「歌を駿太郎様に刻ませるには何年もの修業がいりましょう、大番頭さん」

「そこは中之郷瓦町の墓石屋の親方に願うのです」

「それも一案ですが墓石に歌はどうでしょうな」

と昌右衛門が大番頭に異を唱えた。

「昌右衛門どの、大番頭どの、久慈屋さんのご厚意に甘えて墓所が広がりました。もう一度じっくりと考え直します」

小籐次が答えて、三人が頷いた。

帰りの小舟で小籐次は櫓を漕ぎながら、須藤平八郎の墓石の表をどうするか考え続けていた。そんな小籐次とおりょうの二人を西日が浮かび上がらせていた。

第五章　秘剣波雲

一

夏が深まり、暑い日々が続いた。

小籐次は新兵衛長屋か望外川荘で研ぎ仕事を続け、未だ久慈屋や深川の蛤町裏河岸に出張って研ぎ仕事をすることはなかった。

例の押込み強盗三人のうち、二人を小籐次が斬り捨て、一人を御用聞きの三十三間堂町の仁八親分に捕まえさせた一件の騒ぎが未だ続いていると思ったからだ。

山猿の三吉が読売で繰り返し、騒ぎの続報を世間に知らせているせいだ。

数日前のことだ。

小籐次とおりょうは、久慈屋昌右衛門の口利きで柳橋の万八楼で南町奉行筒井和泉守政憲と北町奉行榊原主計頭忠之と会った。

南町の筒井は安永六年生まれ、四十七歳の働き盛りだ。昌平坂学問所を秀逸な成績で出て、長崎奉行を勤め、文政四年より南町奉行に就いていた。

一方、榊原は五十九歳ゆえ、二人の奉行の間に小籐次がいるというわけだ。

この場にはおりょうと大番頭の観右衛門が同席しただけで、二人の奉行と和やかに身延山久遠寺詣での話などを談笑し、御用の話を為すことはなかった。

折からおりょうが読売に掲載した『身延山代参つれづれ草』をもとにして読売屋の空蔵が黄表紙風に物語仕立てにして出版した『酔いどれ小籐次　母恋旅』が地味ながら確実に売り上げを伸ばしており、江戸で評判になっていた。ゆえに二人の南北奉行は黄表紙に通じているらしく、身延山行きで盛り上がった。

二人の奉行とも正式に会うのは小籐次もおりょうも初めてであった。

町奉行に就いた年からいけば北町の榊原が文政二年、南町の筒井が文政四年と榊原が先任だった。

これまで小籐次は南町奉行所との関わりが深く、北町とは付き合いがなかった。

おりょうや万八楼の主の万屋《よろずや》八郎兵衛や女将お君がその場にいたこともあって、実に和やかな刻限を過ごした。そして、万屋の夫婦がいなくなったあと改めて筒

井から、

「赤目どの、礼が遅くなったが年の瀬に六百両の寄進実に有難かった。あの金子を執着もなく公儀の御救小屋に届けて頂き、江戸の住人に大いなる助けになった。あのようなことを今年の暮れも出来ればよいがと、考えておるが助勢して下さるか」

と小籐次は願われた。

「筒井様、赤目小籐次はただの研ぎ屋の爺に過ぎませぬ。あの折はいつの間にか、賽銭がわしと関わりの場所に集まり、あのような額になってしまいました。あんな賽銭騒ぎは二度とご免でござる、またあの額は集まりもせぬ」

「そこです」

と筒井が小籐次から榊原に視線を移し、

「榊原様、なんぞ南北奉行所で知恵を絞り、年末の御救小屋の催しは続けたいがどうでござろうな」

と先任奉行に話しかけた。

「筒井どの、実によき考えと思われます。と同時に赤目小籐次どののお力だけに頼ってはなるまい。酔いどれ小籐次の名は借りるとして、ともかく暮れの御救小屋は南北奉行所にとって大事な行事にしたい。そのために赤目小籐次どのの知恵をお借りしたいものじゃ」

と二人の奉行の考えが一致し、小籐次も頷く他になかった。

最後に北町奉行の榊原から、

「赤目どの、深川の押込み強盗の一件、実にそなたが居合わせて僥倖であった。もしそなたの手助けがなければ、凶悪な押込み強盗どもを取り逃がし、江戸の外に逃がしていた。そうなれば高飛びした先でまた凶悪な騒ぎが起こったことは必定にござる。改めて礼を申す」

と丁寧な感謝の言葉があった。

南町の筒井も、

「いや、あの一件、北も南もない、残酷非情な奴らを斬り捨てたのは赤目小籐次どのの力がなければならぬことであった。南にとってもほっと安堵した一件でござった」

と口を揃え、続けて、

「榊原どの、あの一件でいささか気掛かりなことを耳にしておるが確かなことであろうか」

「なんでござろうな」

と榊原が警戒の表情をした。

「いえ、赤目どのが気を失わせた一人が、あの連中を束ねるお頭がいると洩らしたとか洩らさぬとか」

榊原はしばし黙考した。そして、意を決したように言い出した。

「南町もご承知でござったか。赤目どのの力で捕まえた一人ともう一人が、自分は会ったことはないというておるが、一味を束ねる町人の頭分がおり、押込み強盗を働く際など、どこどこにせよとの命が届くそうな。その者に会ったのは赤目どのが斬り捨てた二人だけとか」

その話を聞いた小籐次は、

「ううーん」

と唸り、

「あの者たち、なかなかの腕前でした。あの場で憐憫《れんびん》を掛ける余裕はわしにはなかった。故に斬り捨てるしか手がなかったのだ」

小籐次はうづと万太郎の身に危害が及ばぬように一気に斬り捨てたのだ。

「いや、赤目どのを非難しておるのではござらぬ。一日も一刻も早くあのような非情な者はこの世から消えさったほうがよい。ただ、生きて捕まった村橋三八と見砂及助が白状したお頭は、武蔵《むさし》国総頭秩父の雷右衛門と二つ名まで承知しておるゆえ、真の話であろうと思う」

「となれば」

と筒井が小籐次を見た。

「その者が赤目小籐次どのに憎しみを持ち、仇と付け狙うことは、考えられませぬか」

「筒井どの、悪党ばらの頭とはいえ、天下の赤目小籐次どのを付け狙うものでござろうか」

「それもそうでしたな。ともあれ、赤目どの、用心に越したことはない」

と筒井が応じた。

こんな風に和やかな一刻を南北町奉行と小籐次とおりょうらは過ごすことになった。

研ぎを続けながら小籐次は、

(武蔵国総頭秩父の雷右衛門)

なる者のことをちらりと考え、そのことを頭から振り払うと研ぎに専念した。

いつしか時が過ぎ、

「父上」

と声がして庭に作業着に脇差だけを差した駿太郎が姿を見せた。

刻限は八つ半の頃合いか。

駿太郎の墓石屋の修業は半月を越えていた。最近ではくず石に赤目駿太郎と鑿で刻む稽古をしているとか。

「どうだ、本日の石工修業は」

「だいぶ上達したそうです、道具の扱いもだいぶ楽になりました」

駿太郎が両手を小籐次に見せた。手には治りかけた古傷はあったが、新しい傷は増えていない。

「それに道具の扱いが丁寧であとの手入れが行き届いていると親方が褒めてくれました。それもこれも父上が研ぎ仕事を駿太郎に教え込んでくれたお蔭です」

「それはよかった」

「ですが父上、未だ駿の字が駿の字になりませぬ」

「駿の一字は複雑で厄介じゃな」

小籐次が掌に駿の字を指先で書いて考え込んだ。

「父上、お客様です」

駿太郎の言葉に小籐次が顔を上げると、豊後国森藩江戸藩邸勤番創玄一郎太と田淵代五郎が意気揚々と姿を見せた。

過日、赤目小籐次に弟子入りを願って半月が過ぎていた。もはや諦めたかと思ったら、再び小籐次の前に姿を見せた。ということは、

「赤目様、殿より許しを得て参りました」

と創玄一郎太が嬉しそうに大声で報告した。

「むろん、われら、殿にお目に掛かったのではございません。赤目様のお知恵どおり、近習池端様に願い、殿に池端様よりお願いしていただいた結果です」

田淵代五郎が言い足した。

二人が腰を折って縁側の研ぎ場に座る小籐次に頭を下げ、

「われら二人の入門をお許し下さい」

「お願い申し上げます」

と声を揃えた。

「駿太郎、そなたの相弟子ができそうな」

「このお二人、ほんとうに父上の来島水軍流に入門なされるのですか」

「そういうことだ」

駿太郎が二人を見た。

「赤目様、入門となればやはり束脩を支払わねばなりません。いくらお支払いすればよろしゅうございましょうか」

創玄が改めて申し出て、小籐次の顔を恐る恐る見た。

「われら、徒士組ゆえさほどの給金を頂戴しておりませぬ。高い束脩はご勘弁下さい」

田淵も真剣な顔で願った。

「創玄一郎太、田淵代五郎、そなたらはわが旧主久留島家の藩士じゃな」

「は、はい」

「旧藩の者から銭など受け取れるものか」

「えっ、本当に無料にございますか。代五郎、よかったな、われらの懐に二朱以上入っていたことはないものな」

創玄一郎太が破顔したが、小籐次の顔に気付き、

「いいえ、それではあまりにも失礼かと存じます」

「そのようなことを気に致すな。じゃが、来島水軍流の稽古は厳しいぞ。ゆえに入門を許すかどうかそなたらの力を試してからのことだ」

「むろん赤目様、存分にわれらの力をお試し下され」

小籐次は一年前、二人の立ち合い稽古を見ていた。なかなか気迫のある立ち合いで、八人の中で最後まで勝ち残ったのがこの二人だった。

だが、小籐次は、江戸に初めて勤番で出てきて、剣術指南の猪熊大五郎が半年ばかり休んだこともあり、一年前より力が落ちているのではないかと推量していた。

「稽古はどちらで」

「研ぎ屋の爺に剣術の稽古場などあるものか。庭が稽古場じゃ」

「は、はい」

「二人してむさ苦しい羽織を脱いで裸足になれ」

小籐次は一郎太と代五郎に命じると、

「駿太郎、木刀か竹棒が三本あるか」

「木刀も竹刀《しない》もございます」

「二人に貸してやれ」

駿太郎が父親の命に納屋に走り、木刀と竹刀を抱えてきて、

「どちらになさいますか」

と二人に聞いた。

「一年前は竹刀であったな。こたびは木刀で試しを致す」

一郎太が代五郎に相談し、駿太郎の手から木刀を借り受けた。素振りをした二人が、

「よし」

と気合いを自らに入れ、未だ縁側から立ち上がろうとせぬ小籐次を見た。

「お願い申します」

「田淵代五郎」

「はい」

「駿太郎と立ち合うてみよ」

小籐次が縁側から指図した。

「はっ、はい、あのう、赤目様ではないのでございますか」

田淵が駿太郎を見て、

(子ども相手か)

という顔をした。

一方駿太郎の方は石工の修業で剣術への渇望が五体に溜まっていた。張り切って石くずのついた作業着姿で草履を脱ぎ、木刀を手にして、

「お願い致します」

と田淵代五郎に頭を下げた。そうなると田淵も致し方ない。

「駿太郎どの、お聞き及びかと思いますが森藩では鹿嶋夢想流を稽古しております。よろしいか」

「はい」

駿太郎の返事は明快だった。

「では」

代五郎が木刀を正眼《せいがん》に構えた。

駿太郎は来島水軍流の正剣十手の一、波返しの構え、両足を広げて腰を落とし、木刀を左脇構えに置いた。駿太郎の利き腕は右だが、左も右と同じような動きを為すことができた。

田淵代五郎の背丈は五尺七寸余あった。ゆえに正眼の構えの代五郎が駿太郎を見下ろすことになった。

「ええいっ」

代五郎が駿太郎に誘いを掛けた。

その瞬間、寄せ来る波に船の舳先《へさき》を突っ込ませるように駿太郎が一気に踏み込んだ。

俊敏で迅速な踏み込みだった。

田淵代五郎は子どもと思い、悠然と構え過ぎていた。

（ああ）

内心では慌てながらも正眼に構えた木刀で駿太郎の波返しを弾き返そうとした。

だが、その瞬間には駿太郎は代五郎の内懐に入り込み、
ばしり
と木刀で相手の左脇腹を殴りつけていた。

「あ、いたっ」

と思わず漏らした代五郎は横倒しに転んだ。

「こ、これは油断してしもうた」

痛みを堪えて立ち上がりかけた田淵代五郎が言い訳し、いま一度という風に木刀を構え直した。

「田淵代五郎、勝負は一度きりじゃ。創玄一郎太と代われ」

小籐次の声がして代五郎がすごすごと一郎太のところに戻り、

「子どもと思うて油断した」

と言い訳した。

創玄一郎太が仲間に頷き返した。その顔は、

(おれが仇をうってやる)

という表情をしていた。

「駿太郎どの、田淵代五郎、ついつい駿太郎どののことを甘く見てしまったようです。それがし、心して立ち合います」

と宣告した一郎太も正眼の構えをとった。

駿太郎は一郎太に合わせて正眼に木刀を構えた。

一郎太の背丈は五尺八寸五分あった。ゆえに駿太郎と六寸余の差があった。

互いに正眼の木刀を相手の目に向けて置いた。

駿太郎は平然としたもので、一郎太は最前代五郎に見せた迅速巧妙な動きを見ているだけに、

(下手に動けない)

と思った。そこで駿太郎を威圧するように正眼に構えた木刀を少しずつ上段へと移していった。

駿太郎は不動だ。

相手が正眼から上段へと移動させる間、じいっと観察していた。そして、上段に創玄一郎太が移し置いた瞬間、間合いをわずかに詰めた。

その動きに一郎太の木刀が合わせかけ、次の瞬間、駿太郎が間合いを詰めただけと思い直し、自らの動きを止めた。ために木刀は中途半端なかたちで止まった。

次の瞬間、駿太郎の体が眼前にあって正眼に構えられていた木刀がしなやかに右脇腹を、
びしり
と打ち据えて、一郎太はへなへなと倒れ込んだ。

「嗚呼ー」

と叫んだのは先に負けた代五郎だ。

駿太郎が父のもとへと戻ってきた。

一郎太は立ち上がったが、青菜に塩の体で代五郎といっしょに小籐次の前に歩み寄り、

「面目次第もございません」

と小さな声で詫びた。

「この一年、江戸の暮らしを楽しんでおったか。そなたらの体から一年前の気迫が失せておる。結果など最初から分っていたことだ」

一郎太も代五郎ももはや言葉もない。

「赤目様、入門は諦めます」

代五郎が言った。

「さようか、ならば藩邸にさっさと戻れ。じゃが、池端どのを通じて殿になんと申し上げるな」

「そ、それは」

「戯《たわ》け者めが、一年剣術の稽古を疎《おろそ》かにしたゆえ、駿太郎にも劣る体たらくに堕したのだ。そなたらがなぜ江戸勤番に選ばれたか、殿のお気持ちを察して最初からやり直せ！」

小籐次の怒鳴り声が響いた。

「えっ」

「われら、入門を許して頂けるのでございますか」

「いま言うた。殿のお気持ちに応えるために毎日須崎村まで通って参れ。御用以外に休んだり、遅刻したりするならば即刻破門じゃ。相分ったか」

「ははあっ」

と庭先で二人が小籐次に平伏した。

二

小籐次の前におりょうが一枚の紙を差し出した。

「うむ」

庭では三人の男たちが剣術の基となる木刀の素振りをしていた。創玄一郎太、田淵代五郎、そして駿太郎の三人だ。

一郎太と代五郎の足腰を鍛え直すために、おりょうが作った細長い筒状の布袋に砂を詰め込んで腰と足首に巻かせての稽古を命じた。腰と足の砂はおよそ五百匁ほどあった。

二人は初めての江戸勤番に浮かれて稽古をいい加減に為し、江戸の名所をふらついていたらしい。

その結果、江戸へ上がってきたときより足腰が弱っていた、ために駿太郎に反撃を食らって恥を掻く結果になった。

そんな考えに基づき、一郎太と代五郎につけさせたのだが、駿太郎もいっしょに重しをつけて稽古したいと言い出し、結局三人が重しをつけて稽古することになった。

むろん育ち盛りの駿太郎の重しは二人のものよりわずかに軽かった。

一郎太も代五郎も最初は砂袋の重さを、

「これは軽いぞ、何事かあらん」

「さほど動きには差し障りがあるまい」

と言い合っていたが稽古が進むと、砂袋が鉛でも負ったように重く感じられるようになった。

動きが覿面《てきめん》に悪くなった。

その点、駿太郎は平然としたものである。

小籐次は駿太郎が独り稽古をするとき、懐に米袋を挟んで稽古をしていたのを見て、このようなことを考えついたのだ。

三人揃っての砂袋の重し稽古が五日目を迎えていた。

代五郎の体がよろめいてきた。

「しっかりせぬか、代五郎」

小籐次が縁側の研ぎ場から鼓舞し、おりょうの差し出した紙に眼を落とした。かろうじて崩し文字の、

「赤目駿太郎」

という文字が読み取れた。

「硬い石に楷書で駿の字を鑿で彫り込むのは、老練な職人でも難しゅうございましょう。そこで赤目駿太郎の五字を楷書ではのうて草書にしてみました。これなれば駿太郎にも刻めるのではございませぬか」

「おりょう、わしは紙からはみ出すほどの勢いだけの文字じゃ。故に楷書も草書もよう書き分けられぬが、わしが考えるに崩し字のほうが難しくはないか」

「書ではいかにもさようです。さりながら子どもに字を教えるときもひらがなから始めます。駿太郎に文字を教えたときもそうしました。最初、あかめしゅんたろう、とひらがなでと考えましたが、駿の字を鑿で刻むのが難しいのは画数が多いゆえです。でも墓石ゆえやはり漢字がよかろうと思い直しました。そこで駿を崩し字にすると、だいぶ楽になりませぬか」

「なる。これなれば駿太郎も出来よう」

小籐次はおりょうの思い付きに賛意を示した。

どうやら庭での稽古は終わったらしい。

ふらふらになった二人と平然とした顔の駿太郎が野天の稽古場から小籐次のもとへとやってきた。

「どうだ、重しをつけての稽古はきついか」

「師匠、最初は五百匁なんぞへの河童と思うておりましたが、いやはや稽古が進むにつれて腰はふらつく、足はよろめく。未だ慣れませぬ」

田淵代五郎が嘆いた。

「ですが、赤目様、重しを外して動いてみると羽が生えたように身が軽うございます」

「稽古の前と後の素振りだがな、重しをつけて半年も続ければ、そなたらの体力も元に戻ろう」

「えっ、半年も重し稽古が続くのですか」

代五郎が愕然とした顔をした。

「そなたらのためだ。腹を据えて頑張れ」

小籐次が言うところに、お梅が一郎太と代五郎のために握りめしと大根の味噌汁をお盆に載せて運んできた。

朝餉抜きで富士見坂から須崎村まで駆けつけ、またその距離を戻るのだ。そこでおりょうが小籐次に断わって、簡単な朝餉を用意することにした。

「お梅さん、いつも相すまぬ」

「お礼を言うならば旦那様と内儀様だ」

小梅村訛りでお梅が言い、二人がぺこりと頭を下げて縁側に腰を下ろして握りめしにかぶりついた。

「赤目様、江戸に出てなにが驚いたといって、町人までもが米のめしを食うておることです」

「森藩の江戸藩邸では藩士が米のめしを食うておったか。下屋敷では大概麦などが混じったためしであったがのう」

「えっ、江戸でも上屋敷と下屋敷では待遇が違いますか」

「下屋敷ではおのれらの食い扶持は内職をして稼ぎ出すのだ。一万石程度の小名ではどこも当たり前のことだ」

「ふーん、赤目様は下屋敷の麦めし嫌さに藩を抜けられたか」

代五郎が独りごとを言った。

今や森藩久留島家でも小籐次がなぜ御鑓拝借に走ったか、知らぬ藩士が増えていた。

駿太郎はおりょうの書いた紙の文字を見ていた。

「母上、これはなんでございますか」

駿太郎の問いにおりょうが説明すると、

「おお、それならば明日にも彫れるかもしれません。岩次郎親方に相談してよいですか」

「そうですね、親方の許しをまず得てのことです」

とおりょうが答え、創玄一郎太らがこの会話に関心を示した。

「二人してさっさと食い、急ぎ藩邸に戻らぬか。ただ今のそなたらに他家の話に口を挟むほど余裕はあるまい」

小籐次に急かされた二人が慌てて握りめしと味噌汁で朝餉を終え、

「ご馳走にござりました」

と礼を述べると小走りに須崎村から去って行った。

小籐次と駿太郎は台所で朝餉をとり、駿太郎は作業着の腰に脇差を差して急いで中之郷瓦町の墓石屋へと向った。

小籐次は再び仕事に戻った。

九つの時鐘を聞きながらもさらに作業を続けた。

ふと人の気配を感じて目を上げると、庭に老中青山忠裕の密偵おしんの姿があった。胸に小さな包みを抱えている。

「深川の騒ぎでまだ久慈屋などに研ぎ場は設けられませんか」

「久慈屋の商いに差しさわりがあってもいかんでな」

「酔いどれ小籐次様の周りからは騒ぎのタネが尽きませんね」

「おしんさんや、わしのせいではないぞ」

小籐次が答えたところにおりょうが姿を見せ、

「おしんさん、ようお出でなされました。ささっ、座敷へ」

と挨拶し誘ったが、おしんは、

「庭を見ながら縁側のほうが気持ちようございます」

夏の陽は中天にあってまだ縁側に陽射しは差し込んでいなかった。それに大川と泉水を渡る風が縁側に吹きこんでそこはかとなく涼しかった。

おりょうが畳表の夏座布団を縁側に敷き、お梅に茶菓を命じた。

「なんぞ急用が生じたかな、おしんさん」

「いえ、いささかお節介ゆえこちらにはご迷惑かと存じます」

「ほう、なんであろうな」

小籐次が首を捻った。

おりょうも二人の傍らに座して、おしんの話を聞くことになった。

「過日、小出お英様の墓所が丹波篠山の領地内にあると申し上げました」

「聞いた。ただし遺髪だけを埋めた墓じゃったな。お英様の骸が埋葬された地が分ったか」

「いえ、小出家ではそればかりは必死に隠しております。そこで古田様と相談し小出家の所縁の者にいささか虚言を弄して脅しますと、お英様の亡骸がどこにあるかは口にしませんでしたが、かようなものを私どもに渡してくれました」

おしんが所持してきた包みを解くと、香が入れられた匂袋と柘植《つげ》の櫛が現れた。

「二つともお英様が身に着けていたものだそうです。今更かようなものがあっても、こちらでは迷惑でしょうか」

おりょうが包みごと二つの品をおしんから受け取った。

もはや香の匂いも薄れて麝香《じゃこう》と思える香りがかすかに漂った。

「おまえ様」

おりょうが小籐次の名を呼んだ。首肯した小籐次が、

「縁とは不思議なものじゃな」

「不思議とはどのような意で」

「うむ、聞いてくれ、おしんさん」

小籐次が前置きして、須藤平八郎の埋葬された寺が判明したことから駿太郎がただ今墓石屋で俄《にわ》か墓石の職人見習いをしている目的を告げた。

「なんと、駿太郎様の父親の墓が母親より先に見つかりましたか。私どもの働き、全く足りませんね」

おしんがまず後悔の体を見せた。

「いや、そうではなかろう。駿太郎の実の親が亡くなったのは十年以上も前のことじゃぞ。あれこれあってのこととはいえ、同じ時期にかように二親の墓所や遺品が集まってきた。わしが不思議な縁というのはそういうことだ」

「赤目様、いかにもさようです。その二品、どうしたものでしょう」

「おりょう、どうしたものかのう」

小籐次はおしんの問いをおりょうに回した。

「おしんさん、おまえ様、駿太郎の判断に任せてはいかがです」

「駿太郎さんが動揺はしませんか」

おしんはそのことを案じた。

「今も申したが駿太郎を須藤どのの墓に連れて行った折、駿太郎はどう考えてよいか自分の気持ちの整理がつかなかったのは確かなことだ。だが、駿太郎はその迷いを乗り越えて、ただ今実の父親の墓石を自らの手で造ろうとしておる。ここで母親の遺品が出てきたとしても、父親の時同様に最初は驚くであろうが動揺をいつまでも引きずることはあるまい」

「ならばようございました」

おしんがほっと安堵し、

「のうぜんかずらが咲きかけた墓地ですか」

と呟く様に言った。その光景を頭で思いえがいている表情だった。

「破れ寺でのう、十年前の卒塔婆もようやく文字が読める程度であったわ。じゃが、のうぜんかずらは風情があってよい。その時節に駿太郎が実の父親の墓に参ったのはよかったと思う」

「そして、いま母親の小出お英様の形見が揃いました」

「そういうことだ、おりょう」

三人は期せずしておりょうの手にある二品に視線を預け、しばし黙していた。

そこへお梅が茶菓を運んできた。だが、三人の沈黙に驚かされたように茶菓を三人の前に置くと早々に台所に立ち去った。

「うむ、駿太郎なればそれなりに冷静な判断を示そう」

小籐次が己に言い聞かせるように言った。

「はい」

小籐次の言葉におしんが頷いた。

「おしんさん、小出家は藩主青山忠裕様の血筋と聞いたが、そのような小出家の者を脅して、そなたらに迷惑は掛からぬか」

「酔いどれ様、殿の名をちらりと出して、殿が小出家の行状をすべて承知という体の虚言を弄しました」

「なに、青山忠裕様の名を出したか。この一件、青山様は未だなにもご存じあるまい」

「存じておられませぬ。ですが、小出家にはすべて承知のように伝わったはず」

「中田どのもおしんさんもなかなかやりおるのう」

「はい。それもこれも赤目様とお付き合いを始めて教えられたことにございます。さほど驚くにはあたりません」

「なに、わしがそなたらにそのように巧妙極まる手を教えたか。殿様に知れたら、わしの首が飛ぶのではないか」

「とんでもないことでございます。殿は赤目小籐次様のことを頼みの綱と信頼されておられます。あっ、そうそう」

と言いかけたおしんは、一拍間を置いた。

「未だなにかあるのか」

小籐次が催促した。

「赤目様は南北両奉行とお会いになられたとか。殿は、榊原と筒井が赤目小籐次から世間の諸々を知るのはよきことと、お喜びでございました」

「なに、おしんさん、わしとおりょうが南北両奉行に会ったことを摑んでおったか」

「間違っても赤目様に監視の眼をおくなど私どもは致しませぬ。南町奉行の筒井様が城中でかようなことがございましたと、老中に報告されたゆえ私どもも知ったことです」

「そうか、そうであったか」

「赤目様、これからは南町ばかりか北町奉行所からも頼りにされますよ」

「それだ、困ったことは。わしは仕事場に行けず望外川荘で研ぎをせねばならぬ。仕事の註文をとり、研ぎ上がった道具を人の目を盗んで届ける、まるで盗人のような暮らしを強いられるのじゃぞ」

「おまえ様、私はそなた様がこの家で仕事をなさるのは一向にかまいません。一日じゅう、いっしょにいられるのですからね」

おりょうの言葉におしんが両眼を大きくして、

「おやおや、仲のよろしいことで。私はそろそろこの辺で退散致しましょう」

と茶を喫し終えたおしんは、食べなかった栗饅頭を大事そうに紙に包んで懐に入れた。

小籐次はおしんが最後に言いかけ、間を置いたのは話柄を転じるためと察していた。それはおそらく黄表紙『酔いどれ小籐次　母恋旅』の中身に関わりがあると思った。

身延山久遠寺の菩提梯で小籐次を襲った雑賀衆阿波津光太夫の背後に控える幕閣の者へ、

「うちには赤目小籐次が控えておるぞ」

と警告したという言葉をおしんは、南北両奉行の話題に変えたと推量した。つまりは未だ老中首席青山忠裕は幕府内に競争相手を持っているということだ。この青山忠裕の用心深さが、老中職にあること三十年という稀有な職歴を持つことにつながる。だが、それは未だ先の話だ。


駿太郎が戻ってきたのはいつもより遅く七つ半（午後五時）の刻限だった。手にはひと抱えもある石板を持っている。

「父上、母上、これを見て下さい」

と庭から大きな声で告げた。

小籐次はようやく一日分の研ぎの目途《めど》がついたところだった。

「なんですね、大きな声で」

と言いながら駿太郎の差し出す石板を見て、おりょうが息を呑んで黙り込んだ。

「どうした、おりょう」

小籐次は研ぎ場を片付ける手を休めて石板を見た。

なんと石の上におりょうが書いたとほぼ同じ書体で、赤目駿太郎の文字があった。

「なんと見事なものではないか。岩次郎親方が彫られたか」

「いいえ、駿太郎が親方の注意を受けながら彫りました」

「驚きました。立派な仕事です」

「母上が書かれた紙を石に張って丁寧に刻んでいくとこの字が出来ました」

「うーむ、もはやあの自然石に取り掛かってもよいのではないか」

「父上、親方が申されるには自然石は凹凸があるゆえ彫るのは難しい。裏側の名を刻むところだけ、つるつるに親方が磨り上げるのではどうだ、父上に聞いてこいと申されました」

「さすがは親方じゃな。よかろう」

　と即答した小籐次が、

「駿太郎、そなたに見せたいものがある」

　とおしんが持参した小出お英の形見の品を駿太郎に見せて、経緯を告げた。

　駿太郎はやはり予測したようにしばらくなにも言わず匂袋と柘植櫛を見ていたが、

「触ってもようございますか」

と二人に断わった。

「そなたの母小出お英様が身に着けていた持ち物じゃ」

駿太郎は二つの品をそっと触り、両手に載せた。

小籐次もおりょうも黙って駿太郎の反応を見ていた。

「父上、母上、この品、どうするのですか」

「そなたのものだ、そなたが決めよ」

小籐次の言葉に駿太郎が、

「父の須藤平八郎様のお墓に一緒に入れるのはどうでしょう。父はお英様がお好きだったのでしょう」

「そうじゃ、そなたの父と母はお互い好き合ったゆえに、そなたが生まれたのだ」

「ならば墓に入れます」

駿太郎はきっぱりとした口調で言い切り、どこか安堵した表情を見せた。

三

この日、久しぶりに須崎村を出て、芝口橋に向った。

創玄一郎太と田淵代五郎が江戸藩邸におらねばならぬ日で、その上、駿太郎も岩次郎親方を望外川荘に迎えて、自然石に赤目駿太郎の文字を彫り込むことになっていた。

小籐次が出かける前におりょうが言い出した。

「おまえ様、やはり墓石です。親石のほうになにか文字を入れたほうが良いのではないでしょうか」

望外川荘の林に転がる山型の親石と少し離れた場所に子石を据え、周りは白い砂利を敷き詰めて枯山水風の墓が出来ることになっていた。

当初は自然石の親石の裏に駿太郎の名があればよいと考えていたおりょうだが、なにか思い付いたらしい。

「どのような字を刻むというのだ」

おりょうは紙に筆で認めた草書風の一字を小籐次に見せた。

「ほう、墓石にこの字を彫るのは珍しかろう。じゃが、親子の運命《さだめ》を感じさせる字ではある。おりょう、岩次郎親方と駿太郎に相談してみよ」

小籐次の返答におりょうが頷いた。

小舟を築地川から御堀に入れると芝口橋が見えてきた。

「おや、お久しぶりですね」

手代の国三が小籐次を迎え、舫い綱を杭に結んでくれた。道具を入れた研ぎ桶を船着場に上げて、

「よいしょ」

と声を掛けながら小籐次は岸辺に上がった。

「おや、赤目様、どうかなされましたか。掛け声などかけて舟から上がられましたが」

「国三さんや、歳じゃな。いつしかかような掛け声を上げぬと体が動かぬようになっておる」

二人の会話を芝口橋の上で聞いている者がいた。

朝の間だ。登城する旗本や大名家の行列や普請場に向う職人衆が往来するざわめきの中のことだ。二人がその者の目を気にすることはなかった。

国三が小籐次の道具を手に河岸道に上がり、あとから小籐次が研ぎ上がった道具を抱えて久慈屋へ向った。

「おっ、ようやくお出ましにございますか」

帳場格子から大番頭の観右衛門が嬉しげに声をかけてきた。

「もはや深川の騒ぎも鎮まったであろう」

「で、ございましょうかな。近藤精兵衛様と難波橋の親分が昨日お見えになって、深川で捕まった者どもに今日にもお白洲でお裁きが出るそうですよ」

捕まった者どもとは見砂及助と村橋三八だ。二人は浪々の身というので、北町奉行所が取り調べた上で奉行の榊原が沙汰を出すというのだ。

「あの者、大した役目はなかったようで、一味が奪った金子の半分ほどが戻ったこともあり、八丈島遠島くらいで事が済むのではないかと近藤様は推測しておられるそうな。もっともこれは南町の一同心の判断です、北町奉行の榊原様はもっときつい沙汰を出されるかもしれません、と親分が言うていました」

「大番頭どの、あやつらの背後にいる町人とやらは姿を見せぬか」

「近藤様方も北町に手柄を持っていかれたのです。頭分は南町でと張り切って探索をしておられますが、なにしろ人相も、名も偽名か異名か知りませんが、武蔵国秩父の雷右衛門としか分りませぬ。上方などに高飛びしたのではないかという噂も南町の中に出ておるそうです」

「高飛びしたものは致し方ないな」

小籐次の声が台所に聞えたか、久慈屋の女中頭のおまつが、

「あら、酔いどれ様ったらうちを覚えていたのね」

と言いながら茶を運んできた。

「ここのところさ、おりょう様の傍ででれでれしていたんだろ。顔にそう書いてあるよ。熱めのお茶でさ、気分を引き締めるんだね」

「なに、わしの顔が呆けておるというのか。そんなはずはないがな」

小籐次が手で顔を撫でて、最後に両手で頬をぽんぽんと音が響くほどに叩いて気合いを入れた。

「ふっふっふふ、覚えがあると見えるね」

おまつがそう言い残して店先から消えた。

すでに国三が手際よく、研ぎ場をいつもの店の入口の端っこに設えてくれていた。

小籐次は上がり框に腰を下ろし、おまつの淹れた熱めの茶を喫した。

「どうですね、駿太郎さんの墓石造りは」

観右衛門の問いに本日から本式に墓石となる自然石に鑿が入ることを告げ、小籐次は言い足した。

「墓石屋の親方が手伝ってくれるで、それなりのものに仕上がろう」

「となりますと、清心寺の和尚に近々墓を建てると知らせておいたほうがよろしいのではございませんか」

「そうじゃな」

「ならばあとでうちから使いを立てます」

駿太郎の実母の小出お英の遺品が、おしんの手によって届けられたことを小籐次は観右衛門に話した。すると帳場格子に机を並べる若旦那の浩介が、

「何事も縁でございますね。須藤平八郎様の墓が実の子の駿太郎様の手で造られている折にお英様の実家から遺品が届くなんて」

「中田どのとおしんさんがな、殿様の名をちらつかせて小出家に掛け合ったゆえに届けられた匂袋と櫛じゃ。駿太郎は須藤どのの亡骸といっしょに二品を墓に埋めると決めた」

「なかなかの決断です」

と観右衛門が褒めた。

小籐次はその言葉に首肯すると、

「京屋喜平に道具を届けて参る」

と立ち上がった。

「本日はうちで一日仕事を為されますな」

「騒ぎさえなければな」

言い残した小籐次は研ぎ上げた道具を小脇に足袋問屋の京屋喜平に向った。京屋喜平の番頭菊蔵と久しぶりの挨拶を交し、道具を届けた代わりに手入れのいる道具を預かって久慈屋に戻った。すると久慈屋の道具が小籐次の働きを待っていた。

「おや、菊蔵さんからも預かり物がありましたか。うちのと合わせると今日じゅうにはすみませんな。当分うちが赤目小籐次様の仕事場になりますよ」

嬉しそうに観右衛門が小籐次に笑いかけた。

「有難いことです」

小籐次はそう答えると研ぎ場に座り、久しぶりに芝口橋の往来を見ながら研ぎ仕事を始めた。

「おや、見てみな。酔いどれ様が久慈屋の店先で研ぎを始めたぜ」

「深川の騒ぎも一段落ついたからかね」

「やっぱり久慈屋の店先に酔いどれ小籐次がいるのは様になるな。ぴたりとよ、絵に嵌《はま》っているようだぜ」

なんて往来を行きかう人々の声が聞こえていたのは研ぎを始めた当初だけ。小籐次は研ぎ作業に没頭して、時が経つのを忘れた。

ふと気付くと芝口橋を照らす陽射しが高くなり、夏のぎらぎらとした光が白く照りつけ、往来する人々を悩ませていた。どの顔にも汗が光っていた。

「爺さん、おれの小刀を研いでくれ」

幼い声の持ち主の影が小籐次の前に立ち、願った。

八つばかりの男の子で、単衣は洗い晒しで継ぎがいくつも当たっていた。

「小さな客じゃな。遊びに使う小刀か」

「違わい、仕事に使うんだよ」

「ほう、なんの仕事だ」

「浅蜊をよ、剝き身にする小刀だよ。おれの小刀だと仕事が汚いと店から文句が出てよ、銭がもらえないんだ」

「見せてみよ」

男の子が懐から布に包まれた小刀を出して小籐次に見せた。

錆が浮いて切っ先も丸まり、傷だらけだ。塩っけのある浅蜊の身を剝くうちに錆が出たのだろう。

「この小刀、どうしたな」

「死んだ父ちゃんの道具だ。父ちゃんは芝の漁師だったけどよ、おれが五つの時、漁の帰りに嵐に遭い、死んだんだ」

「親父の形見か」

「かたみってなんだ」

「形見の言葉を知らぬか。よいよい、その内知ることになろう。おまえ、研ぎをしたことはないのか」

「ない」

「よし、自分の道具は自分で手入れを為せ」

「研ぎ代は持っているぜ、二十文もよ」

「まだ半人前のおまえが研ぎ屋に銭を払って研がせるなど十年早い。親父の小刀ならば子どもが研ぐのが筋だ」

「それで銭をとるのか」

「銭などとらぬ。自分の道具を手入れする心がけが大事なのだ。わしの脇に座れ」

小籐次は砥石の内、粗砥を与えて研ぎ方を教えた。

「仕方ねえ」

と答えた男の子が砥石の上で研ぎ水に濡らした小刀を乱暴に動かし始めた。

「小僧、名はなんだ」

「さきち」

「さきちか」

「ああ、さきちだ」

「砥石も小刀も商売道具だ。乱暴に扱ってはならぬ。かように優しく砥石の上を撫でるように小刀の刃を動かすのだ」

小籐次が砥石の上で久慈屋の紙切鋏《ばさみ》を動かしてみせた。

「こうか」

左吉か佐吉かしらぬが、さきちは呑み込みのいい小僧だった。小籐次の教えたとおりに砥石の上に刃を動かし、錆を落とした。

「どうだ、傷はとれたか。貸してみよ」

小籐次が小刀の刃を指先で軽く撫でていくと未だ傷が残っていた。

「未だダメじゃ、やり直せ。なんでも銭を稼ぐのは楽なことではない。それに手入れのよい道具でなければ他人様の口に入る浅蜊に傷を付けることになる」

小籐次の注意を聞いたさきちが再び研ぎ直した。こんどは傷がとれていた。

「ふうっ、こいつは大変だ。爺さん、一本研いでいくら稼ぐ」

「わしか、包丁なれば五十文かな」

「高いや」

「その代わりわしが研いだ包丁ならば三月はもつ」

「ふーん、おれの研ぎだといくらになる」

「そなたの研ぎは一文の銭もとれぬ。それればかりか砥石を傷めてわしが大損をする」

小籐次は中砥石の使い方を教えてなんとか小刀を研ぎ上げさせた。

「これなら浅蜊の身を傷つけないな」

「あとはおまえの腕次第だ、さきち」

「ありがとうよ」

と言い残した小僧が久慈屋から飛び出して行った。

「えらい小僧に付き合わされましたな」

小籐次の背後から声がした。

いつの間にか難波橋の秀次親分が観右衛門の帳場格子の前の上がり框に座っていた。

「見ておられたか、親分」

「話の通りに左吉の親父が海で亡くなったもので、母親を助けて露月町の小料理屋で浅蜊剝きに雇ってもらったんだが、いまのところ銭にならないんですよ。それで道具のせいにして左吉め、赤目様に目をつけたかね」

秀次が苦笑いしながら説明した。

「住まいは日蔭町の裏長屋で、最前も申しましたが親父は漁師でした。といって自分の船を持つような漁師じゃない、芝の網元のところで日給で働く漁師です。左吉の下に二人妹がいましてね、おっ母さんは小料理屋の下働きをしているんですよ」

日蔭町は里名だ。東海道筋の柴井町の西側のことを指した。

「そうか、あやつは母親を少しでも手助けしようと考えたか、なかなか感心ではないか」

「一々感心していては一文の稼ぎにもなりませんぜ」

秀次が笑った。

「親分が久慈屋でのんびりしているということは江戸に騒ぎはなしか」

「そうですね、赤目様とおりょう様の黄表紙の売れ行きがなかなかいいようで、話としてはそんなところくらいですかね。左吉でふいにした時と稼ぎはそちらで取り戻しなされ」

「黄表紙で銭になるのか」

「えっ、蔦重と話はついてないんですかえ、呆れた」

秀次がいうところに当の空蔵が姿を見せた。

「おお、いたな」

空蔵が意気揚々と久慈屋の敷居を跨いだ。

「酔いどれ様、蔦重の番頭がよ、黄表紙『酔いどれ小籐次　母恋旅』の売れ行きがよくて、五千部を超えたとよ」

「ほう、それは売れ行き上々ということか」

「黄表紙は二千部売れればなんとか次の註文がくるそうだ。それが五千部だぜ」

「空蔵さん、蔦重と話はついておりましょうな」

「大番頭さん、話はついておるとは、なんの話です」

「むろん黄表紙の戯作者への支払いです」

「戯作者はおれだぜ」

「失礼ながらそなたの名では売れません、蔦重の番頭もよう承知です。黄表紙が売れたのは赤目小籐次様とおりょう様の名のおかげです。そなたの名は形ばかり、五千部も売ったのはお二人の名です」

「えっ、おれの筆の力じゃないと大番頭さんは仰《おつしや》るので」

「読売の書き手としては熟練しておりましょう。ですが黄表紙でそなたの名で出してもせいぜい五百、いや三百部見当でしょうかね」

「さ、三百、うーむ」

と空蔵が愕然として頭を抱え、

「赤目様よ、蔦重の番頭はよ、黄表紙の代金の八分しか、払わねえというんだ。その八分をさ、おれと酔いどれ様のところで半分っことというのはどうですかね」

と空蔵が内情を打ち明けた。

「空蔵さん、そなたは読売では老練だが、黄表紙では全くの素人ですな。いいでしょう、蔦重にはうちが紙を卸しています。初代の蔦重が寛政九年に亡くなって以来、うちはそれなりに融通をつけてきました。蔦重の番頭の興輔さんをここに連れておいでなさい。私が話を付けてあげます」

「えっ、久慈屋の大番頭さんが乗り出すのか。おれの立場が悪くならないか」

「そなたの立場より赤目家の内証が大事です。酔いどれ様はただ今お金が要るのです」

「どうして要るんだ」

「赤目様では駿太郎さんの実の両親の墓を造っておられます」

観右衛門の話に空蔵が飛び付いた。

「なに、そんな話があるのか、早く言ってくれよ。これ、読売ネタになるぜ。よし、詳しく聞かせてくんな、大番頭さんよ」

「蔦重の番頭をうちに連れてくるのが先です」

観右衛門に睨まれた空蔵が久慈屋を飛び出して行った。

「まるでつむじ風だぜ」

と難波橋の親分が嘆いた。

「観右衛門どの、おりょうもわしも黄表紙で金を儲けようとは考えてもおらぬがのう」

「赤目様、なんでも商いには金のやり取りが要ります。ゆえに責任も生じます。最前左吉に研ぎ仕事を教えられたが、あの場合も左吉が持っていた二十文は頂戴すべきでした。それが世間というものです、左吉がなんでもただと思うような大人になってはいけません」

観右衛門に言われて小籐次もいささか反省した。

「黄表紙の一件は私も最初から気にしておりました。なにしろ蔦屋重三郎は吉原の五十間道の小店で遊女衆のあれこれを記した『吉原細見』でひと山当て、日本橋の通油《とおりあぶら》町に進出しましたがな、山東京伝の洒落本で公儀に睨まれ、錦絵に転向せざるを得なくなった。そこで東洲斎写楽の役者絵で売り出して浮世絵の版元として地盤を築きましたが、写楽は一年で姿を消した。蔦重が死んだのがその二年後だ。だから、世間では写楽は蔦重という人もおるほどです。ともかく蔦重の名は残りましたが、蔦屋重三郎と関わりはございますまい。名を利用しているだけです。空蔵さんはもう少し骨があるかと思いましたが、ただ今の蔦重の番頭輿輔さんには太刀打ちできますまい」

観右衛門の話を小籐次は茫然と聞いた。

小籐次もおりょうも黄表紙がなにか知らずして空蔵の話を承諾したのだ。

「まあ、ただ今の蔦重は昔の蔦重に非ず、この観右衛門にお任せ下さい。八分の半分ですと、それでは墓石代にもなりません」

観右衛門の話を秀次親分がにやにやと笑って聞いていた。

小籐次は黙って観右衛門に頭を下げた。

四

月明かりが江戸の内海を黄金色にきらきらと照らしていた。

駿太郎が漕ぐ小舟が佃の渡し場を横切り、大川河口へと向っていた。

もはや渡し船は往来を止めていた。

刻限は五つ半に近いだろう。

胴ノ間に座っているのは小籐次とおりょうだ。

三人して無言でそれぞれがその日のことを想い返していた。

芝金杉町の清心寺で須藤平八郎と小出お英の墓が建立されたのだ。

卒塔婆だけだった須藤の亡骸は十年余を経て骨になっていた。だが、丁重に新しく造られた墓所に移され、お英の匂袋と柘植櫛がその傍らに埋葬された。

二人は死後、いっしょに安らかに眠ることになった。

望外川荘に転がっていた大小の石二つを使って、白砂利を敷き詰めた一間と七尺四方の空間に枯山水風の墓ができた。中之郷瓦町の墓石屋御影屋岩次郎親方の助勢で駿太郎が彫り上げた墓石だった。

山型の大きな自然石の表にはおりょうが揮毫《きごう》した草書体の、

「縁」

の一文字が刻まれ、その墓石の後ろにはやはり同じ書体で、赤目駿太郎と名が彫り込まれた。

のうぜんかずらは花の盛りは過ぎていた。だが、咲き残った数輪が須藤とお英の墓に色を添えてくれた。

墓石建立の式に参加したのは、小籐次の一家三人、須藤平八郎と小出家に関わる丹波篠山藩江戸藩邸の中田新八とおしん、須藤を刺客に雇った赤穂藩森家（雇ったのは中老の新渡戸某であったが）の御先手組番頭の古田寿三郎、久慈屋の大番頭の観右衛門と少数であった。だが、埋葬された二人の死に関わりがある者やその経緯を承知の人間ばかりだ。

十年余も放置されたままの卒塔婆の主に新たな墓が建立された清心寺の住職高村宋瑛にとって、参列者は少なかったが無視できない者ばかりだ。

今や江都にその武名をとどろかす赤目小籐次を始め、大名家二家の家臣、紙問屋の久慈屋の大番頭とあって、日蓮宗の池上本門寺で修行した頃を思い出したか、いつもより熱心に住職は経を上げた。

そのあと、寺の宿坊で観右衛門が手配した増上寺門前の料理屋から仕出しされた料理と酒で、須藤平八郎と小出お英の思い出を語り合った。

とはいえ、二人の実の子の駿太郎がその場にいるのだ、最初は遠慮していた。だが、酒が入ったこともあり、中田新八とおしんが差支えないかぎりで、丹波篠山城下で調べた須藤平八郎とお英の人柄や馴れ初めの話などを駿太郎に伝えるかたちで一座に披露した。

小籐次でさえ知らぬ話もあった。

駿太郎はそんな二人の話を黙然と耳を傾けて聞いていた。

話が一段落した折、観右衛門が、

「この場にあるお二人は老中青山忠裕様の丹波篠山藩に関わりあり、また御鑓拝借の騒ぎの一家赤穂藩森家が絡んでくるなど、赤目小籐次様ならではの法会でしたな」

と言い出した。

「中田どの、おしんさん、訊ねてよいか」

と言い出したのは赤穂藩森家の古田寿三郎だ。

古田は丹波篠山藩の家臣ながら、老中青山忠裕の「密偵」を勤める二人のことを最初から気にかけていた。

「なんでござろうな、古田どの」

「本日のこと、老中はご存じでござろうか」

古田にとって老中青山忠裕にこの話が知られているかいないか、当然気になるところであった。

「古田どの、須藤平八郎どのと小出お英様はわが家中と関わりが深い二人にござった。なぜわが藩が赤穂藩森家と縁を持ったか、われら二人は知らぬとは、弁明しませせぬ。すでに須藤平八郎どのは藩を離れていたとは申せ、森家の中老新渡戸某に赤目小籐次様を討つ刺客として雇われた。かように二家を結びつける力は、赤目小籐次様をおいて他に考えられませぬ。それだけ赤目小籐次様が果たした御鑓拝借の影響は未だ四家の喉に刺さった小骨のように残ってござろう。わが藩にとっても、こたびの事は決して公になってよきことではない」

中田新八の言葉に古田が首肯し、

「本日、須藤平八郎どのとお英様の遺品が埋葬されたことで御鑓拝借騒動も遠い昔の出来事になったとは考えられませぬか」

と中田が言い足した。

小籐次は中田が巧妙に古田の問いを外して答えたことを察していた。

「いかにもさよう。ですが、それがしの問いには中田どのはお答えになっておらぬ」

古田寿三郎にとって老中青山に睨まれることだけは、赤穂藩森家の家臣として避けたいところだ。そこで念押しした。

「古田どの、久慈屋の大番頭どのが申されたが、赤目小籐次様なくしてはこの一連の出来事、成り立たぬ話でござる」

「いかにもさよう」

「私ども丹波篠山藩の関わりの者がこの場にあることをお考え下され。須藤どのと小出お英様に纏《まつ》わる話にはよきことばかりではない、青山家にも得な話ではない。ゆえに表には決して出したくはございません」

「老中青山様はご存じない」

古田がさらに念押しした。

「そう考えてよろしいかと」

と古田に答えたおしんが、

「古田様、赤目小籐次様はわが殿と格別の親しい間柄にございます。赤穂藩森家になんぞ不利なことが降りかかることを、酔いどれ様がお許しになるはずもございますまい」

さらに言い足した。

古田寿三郎が小籐次を初めて見るような目付きで眺めた。

御鑓拝借を始め数々の騒ぎの立役者とはいえ、赤目小籐次は一介の浪人、自ら望んで研ぎ屋で生計《たつき》を立てる年寄りだ。それが幕閣の最高位の老中の一人と格別な関わりがあるとおしんがいうのだ。

「赤目様はいったい全体何者ですか」

「そなたはよう承知であろう。研ぎ仕事で身過ぎ世過ぎを送る年寄り爺じゃよ」

「そのような話、まともに聞かれませぬ」

「古田どの、そなたも赤穂藩の御先手組番頭、世の中には裏もあり表もありて、見えるものばかりが真実とはいえぬことをとくと承知であろう」

中田新八の言葉を古田寿三郎が恨めしそうな顔で聞き、小籐次を見た。

「わが藩の行列の御鑓先をこのご仁に切り落とされて以来、この古田寿三郎は、赤目小籐次という人物をどう捉えればよいのか、分り申さぬ。さてさて困った爺様です」

古田寿三郎が溜息を吐き、一同の顔に笑みが浮かんだ。

「古田様、それはそなた様ばかりの話ではございませぬ。赤目様が豊後森藩を抜けられて以来、江戸じゅうがこのお方の動きに驚かされておるのです。今後赤穂藩が老中青山様にご用の節は、この酔いどれ様に願われることです」

と観右衛門が言い、

「和尚、この場の話は外に漏らしてはなりませぬぞ」

と釘を刺して斎《とき》は終わった。

小籐次一家は舟が置いてある久慈屋に立ち寄り、奥座敷でこたびの報告を為したりして結局この刻限になったのだ。

駿太郎の漕ぐ舟は大川に入っていた。

「おまえ様、よい法要でした」

「これで須藤どのも少しはお気持ちが安らかになろう」

「はい」

夫婦の会話を聞いていた駿太郎が、

「父上、母上、有難うございました」

と小籐次とおりょうに礼を述べた。

「駿太郎、父の須藤平八郎どのと母御の小出お英様があればこそ、そなたがこの世にいるのだ。そのことを忘れてはならぬ」

「分っております。されど」

と応じてしばし言い淀み、

「ただ今の駿太郎の父と母はこの舟に乗っておられます」

「それも確かなことよ。不満はないか」

「ございません」

駿太郎が即答し、口を噤《つぐ》んだ。こんどは長い沈黙のあと、

「父上が墓石を造れと命じられたこと、また母上が『縁』の一字と私の名を認めてくださいましたこと、駿太郎は生涯忘れませぬ。正直、塩野義なんとかに須藤平八郎が私の実の父と告げられたとき、なにも考えられませんでした。お夕姉ちゃんに叱られて、頭では分ったのですが、胸の中になにか残っておりました。それが御影屋の親方に、『おまえ様も複雑な事情があってのことだろうが、天下一

の赤目小籐次様と歌人おりょう様が育ての親だなんて、天下広しといえどもおまえだけだ。その人が申された墓石造りだ、精魂こめて造りなされ』と言われ、『縁』の字を親方の手伝いで刻んでいるうちに胸のもやもやは消えておりました」

「そうか、岩次郎親方がな。近々礼に出向かぬといかぬな」

と小籐次は答えながら、なにか己も忘れていることがあるようで気に掛かった。

(なんであったか)

月は雲の向こうに消えて大川は微かな星明かりに沈んでいた。

(おお、そうか)

難波橋の秀次親分を通じて頼まれた一件だと思い出した。

元女髪結いのおくめがその昔はその筋で知られたツボ振りであったことを、倅の享吉に話すよう願われていたことをだ。だが、おくめが元気で生きていることは秀次親分から享吉に伝わっているだろう。ならば、一日二日急いて享吉に説明することもあるまいと、小籐次は考えた。

おくめは元気で箱根あたりで湯治しているのだ。

(それにしても人間は不思議な生き物よ)

と小籐次は、おくめの鮮やかなツボ振りを思い出していた。

浅草寺で打ち鳴らされる四つの時鐘を小籐次らは舟上で聞いた。

一家三人で話ができるように駿太郎がゆったりと漕いだせいだ。

須崎村の林が見えてきて湧水池へと小舟はゆっくりと入っていった。櫓から棹に握り代えた駿太郎が、

「あれ」

と訝しげな声を漏らした。

小籐次にも異変が分った。

家族が戻ってきたのだ。飼い犬のクロスケが飛び出してきてよいはずだ。それが望外川荘は妙に静まり返っていた。

駿太郎が船着場に小舟を着けて、

「父上、私が様子を見てきます」

と言った。

「まあ、待て、あちらからお出ましだ」

と小籐次が駿太郎を止めると、望外川荘の庭と湧水池の船着場の間に広がる林から人影が現れた。

お梅と百助が縄で縛られて追い立てられるように船着場に姿を見せた。

折から雲間に隠れていた月が現れて船着場をおぼろに浮かび上がらせた。

二人は猿轡《さるぐつわ》も噛まされていた。縛り上げた縄の端を剣術家くずれの浪人が握り、その仲間が三人いて、最後に黒羽織の武家が姿を見せた。

なんと豊後森藩江戸藩邸の剣術指南の猪熊大五郎だ。

「呆れ果てたわ」

小籐次が呟き、

「猪熊大五郎、かような仕儀を藩主久留島通嘉様がお許しになると思うか。早々にお梅と百助の縄を解いて立ち去れ。さすれば今晩のことは忘れて遣わす」

「赤目小籐次、なにがなんでもその方の命を貰った」

猪熊がそう告げた。

「猪熊、一度目は通嘉様も見逃された。じゃが、かような真似を致すともはや森藩に奉公もできまい」

「高々一万二千五百石の剣術指南の給金など雀の涙じゃ。そなたに仇を討ったら、手下どもといっしょに稼ぎの道を見つけるわ」

「ということはそなた、もはや森藩と関わりなしか」

「貧乏小名の奉公などこちらからご免だ。そうじゃ、当分、この屋敷を借り受けてもよいな」

猪熊大五郎が好き放題のことを言った。

そのとき、駿太郎はクロスケがどうしているのか、気にかけていた。

お梅と百助が捉えられたとしてもクロスケがそう簡単にこの者たちに捉えられるはずもない。あるいは、

「殺されたか」

と駿太郎の頭にその考えが浮かんだ。

「赤目小籐次、腰の刀を抜いて船着場に投げよ」

と猪熊大五郎が命じた。

「その代わりお梅と百助を解き放て」

「まず刀を捨てよ」

小籐次は黙って小舟の胴ノ間に立つと腰から次直の一剣を抜いてゆっくりと船着場に柄を先にして置いた。

「あやつの差し料を取ってこよ、それと餓鬼の腰の脇差も取ってくるのだ」

猪熊大五郎の命に手下らしい剣術家くずれの一人が船着場に歩みよろうとした。

その瞬間、駿太郎は船着場の薮陰から黒いものが飛び出したのを見た。

クロスケだ。

「クロスケ、行け」

駿太郎が叫ぶとクロスケが二本の縄の端を握っている浪人者の足首に嚙み付いた。

悲鳴が上がった。

駿太郎は、手にした棹で船着場の小籐次の刀を摑もうとした浪人者の喉元を突き上げた。すると後ろ様に池の中へと転がり落ちた。

駿太郎が小舟から飛び上がり、脇差を抜くとお梅と百助の縄を切り、背中の後ろに二人を回した。

小籐次は破れ笠の縁から竹とんぼを抜くと次々に飛ばした。

次の瞬間には、船着場の床板に置いた次直を摑むと、素早く腰に差し戻した。

飛翔する竹とんぼが、刀を抜いて駿太郎に斬りかかろうとした、残る二人の浪人者の顔を次々に襲い、鋭く回転する竹の先端が斬り裂いた。

一気に四人の浪人者が戦列から離れた。

残るのは猪熊大五郎だけだ。

駿太郎はクロスケに足首を嚙まれてその場に引き倒された浪人者の動きが止ま

ったのを確かめ、

「クロスケ、その者はいい」

と命じるとお梅と百助の猿轡を外した。

ふうっ

と百助が息を吐き、お梅が泣き出した。

「駿太郎、お梅と百助は私に任せなされ」

おりょうが小舟から命じた。

駿太郎は小籐次の竹とんぼに襲われた二人に脇差を向けた。だが、クロスケに足首を嚙まれた仲間同様にもはや戦う気持ちを失っていた。

「猪熊大五郎、そなたを生かしておけば豊後森藩久留島家に迷惑がかかろう。そなたの命、小籐次がもらい受けた」

「抜かせ」

猪熊が刀を抜きながら叫び、

「過日はつい油断した。今晩は許さぬ。鹿嶋夢想流の神髄を見よ」

「来島水軍流、おぬし如きに勿体ないが旧藩の恥ゆえ披露致す」

猪熊が[illegible]八双に置いた。

小籐次[illegible]対して正対し、次直を突き出すように構えた。

「その手は二度と喰わぬ」

過日の戦いは木刀で行われ、巨漢の猪熊が小籐次に向って飛び込んできて鳩尾を突かれて悶絶した。

猪熊は間合いを図るように、

「おうおう」

と威嚇しながら八双の豪剣を前後に小刻みに動かし、小籐次を誘った。

だが、小籐次は動く気配を見せなかった。

「相も変わらず後の先か、臆病者が」

と猪熊が叫んだ直後、小籐次の体が波濤に乗ったように、
すいっ
と動き、一気に生死の間境に入り込むと猪熊の喉元に突き上げた。

猪熊もまた八双の剣を振り下ろした。

だが、巨漢の猪熊が振り下ろす速度より寸毫《すんごう》早く、小籐次の次直の切っ先が相手の喉を斬り破り、血飛沫《しぶき》を飛ばした。

うっ